ユミとソールの10か月

クリスティーナ・ガルシア

小田原智美 訳

作品社

ユミとソールの10か月

パイラーと彼女の祖父アル・ブラウン（一九一三―二〇〇六）に

老人がひとり死ぬたびに図書館がひとつうしなわれる

——アフリカのことわざ

鱈《たら》がカタツムリにいった。

「もうすこしはやく歩けないのかい？　イルカがすぐうしろにいてぼくのしっぽをふんでるんだよ。

ほら、エビたちやカメたちはあんなに熱心にすすんでるだろ！

みんなが砂利《じゃり》の浜でまってる——きみもダンスにくわわらないかい？

ダンスにくわわる、くわわらない、おどる、おどらない、さあ、どっち？

ダンスにくわわる、くわわらない、おどる、おどらない、さあ、どうする？」


——ルイス・キャロル『不思議《ふしぎ》の国のアリス』

第一章　八月

　ときどき、なにもかも永遠《えいえん》に変わらなければいいのにって思うことない？　完ぺきな瞬間《しゅんかん》が、死ぬまでずっとつづけばいいのにって。どうして、ものごとっていつも、こんなに劇的《げきてき》に変わってしまうの？

　あたしの名前は、ユミ・ルイス＝ハーシュ。あたしのおじいちゃんはもうすぐ死ぬ。ソールのことを「おじいちゃん」と呼ぶのはなんだか変な感じがする。あたしがことばをおぼえたばかりのころから、ソールはずっと自分を名前で呼べといってきたから。でも、おじいちゃんとおばあちゃんを名前で呼んでる子には会ったことがない。ソールはユダヤ人で、奥《おく》さん、つまり、あたしのおばあちゃんは日本人だ。おばあちゃんはソールよりも二十五歳若い。名前はヒロコ。あたしはおばあちゃんのことも名前で呼んでいる。ためしに母さんのことも、「シルヴィア」と呼んでみたら、返事してもらえなかった。母さんはキューバ人（グアテマラ人の血もほんのちょっとまじっている）で、母さんの家族は年長者《ねんちょうしゃ》を名前で呼ぶ習慣《しゅうかん》がない。母さんはあたしを二十一世紀のイメージキャラクターだという。いろんな国の血を引いているから。

ソールは八月二十一日に九十二歳になった。そしてその日、医者からリンパ腫《しゅ》だと宣告《せんこく》された。癌《がん》はもう全身に転移《てんい》していて、余命《よめい》は五、六か月かもしれないと医者はいったそうだ。ソールの反応はそっけなかった。「わしをいますぐここから連れだしてくれ」ソールはいつもこんな調子だ。口が悪くて、なんに対してももんくばかりいっている。でも、ほんとうはすごくやさしい。ソールは化学療法《りょうほう》でもなんでも延命《えんめい》のための治療《ちりょう》はいっさいいらないという。ようするに、苦しむのはいやなのだ。それに、むだに犠牲《ぎせい》をはらっても、いいことはないって信じている。だから、医者がステーキと葉巻《はまき》はひかえるようにといったとたん、かんかんに怒って、あいさつもしないで診察室《しんさつしつ》を飛びだしていったらしい。

母さんからソールの癌の話を聞かされたのは、サーフィン・キャンプの最終日だった。一か月、母さんを説得《せっとく》しつづけて、ようやくサーフィンはそれほど危険《きけん》なものじゃないってことをわかってもらえた。母さんはあたしに、去年やめたバレエのレッスンを再開してほしがっていた。あたしとしては二度とまわりにレオタード姿《すがた》を見なくてもすむんならやってもよかった。バレエはそれほどきらいじゃない。いやなのは、レッスンを受けている子たちだ。なんでもかんでも競争心むきだしで、だれがいちばん過激《かげき》なダイエットをしているか、毎年恒例《こうれい》の『くるみわり人形』の発表会でだれがいちばんいい役をもらえるか、そんなことばかりひそひそ話してた。あたしが最後に演《えん》じたのは、クリスマスの場面に出てくるハツカネズミの王さまの役だった。うごきのとりづらい着ぐるみを着せられ、ゴムでできたネズミのマスクを頭からすっぽりかぶらされた。おかげで全身あせもだらけになった。「どんなに小さな役だってお芝居《しばい》には欠かせないのよ」母さんはあたしをはげましたけど、なんの役にもたたなかった。ソールだけは思ったことを正直に口にした。「おまえはネズミの役を押しつけられてだまってたのか？」ヒロコはソールをだまらせようとしたけど、ソールはそうかんたんにだまらせられる相手じゃない。

サーフィンをしていると、別世界にいるような気分になれる。ボードの下に波の力を感じながら、広い海にうかぶ。そこには、自分と自分の思いと青くて大きな空しかない。カモメやイルカみたいに自由だと感じられる。変わりつつあるいろんなことをわすれることができる。たとえば、母さんに真剣《しんけん》につきあっている恋人がいることや、父さんの鬱《うつ》がひどくなってきていること（父さんと母さんはあたしが一歳のときに離婚《りこん》した）。引っこししなくちゃならないかもしれないこと（あたしと母さんは海辺の大きな家に住んでるんだけど、頭のイカれたドイツ人大家が家賃《やちん》をつりあげつづけてるのだ）。あたしはもうすぐ八年生になる。もし引っこしがきまったら、高校は友だちみんなとべつのところに行かなきゃいけない。そして、なにより大きな変化は、もうすぐソールが死んでしまうことだ。

サーフィン・キャンプの最終日に母さんがむかえに来たとき、あたしはまだ海にいた。母さんが浜辺で心配そうにあたしをさがしまわっているのに気がついて、なにかあったんだってわかった。ふいに母さんがはげしくうでをふりはじめ、金切《かなき》り声でさけんだ。「サメ、サメよ！」。はずかしさのあまりにその場で死にたくなった。母さんは英語が不自由な人のために、こんどはスペイン語で「ティブローネス！　ティブローネス！」とさけんだ。

母さんは作家で、とんでもなく想像力《そうぞうりょく》がゆたかだ。じっさいに母さんが見たのは、波間《なみま》をすべるように泳いでいた二頭のイルカだったのだけれど、背びれがサメにそっくりだったといいはった（ううん、似てないよ）。あげくには「あなたも子どもをもったらわたしの気もちがわかるわよ」といった（わからないよ！）。けっきょく、パニックにおちいっている母さんを落ちつかせるために、あたしは海からあがらなくちゃならなかった。

さらに悪いことに、サーフィンのインストラクターが、キャンプの記念写真のカメラ係を母さんにたのんだ。母さんは「カウアバンガ！〔訳註：サーファーたちが波に乗るときに発するさけび声〕」とさけんでから、シャッターを押した。みんな、にやにやするか、目をまんまるくしていた。

そのあと、母さんとアイスクリームを食べに行った。そこで、ソールの癌のことを聞かされた。目に涙があふれた。こんなことが起きるなんて信じられない。でも、うそでも夢でもなかった。あたしは父さんがどうしてるかきいた。すると母さんはいった。「想像がつくでしょ？」

父さんとソールは仲のいい親子とはいえない。父さんは、ロサンゼルスの西の海辺の町ヴェニスにある古い倉庫のロフトにミリーという名のブルドッグと住んでいる。何年も曲をつくっているけど、一曲も売れなくてピアノの調律《ちょうりつ》の仕事をして暮《く》らしている。アルマゲドンという名前のパンクバンドでベースも弾《ひ》いている。バンドのメンバーはみんな父さんよりずっと年下だ。中年パンクロッカーの回想録《かいそうろく》を書くべきよ、そう母さんはいうけど、父さんはそれがおもしろいジョークだとは思ってない。さいきん、母さんのいうことはすべておもしろくないらしい。来年、母さんは四冊目の小説を出すことになっている。

　土曜日、父さんのロフトに行くと、しんとしずまりかえっていた。大音量の音楽も鳴っていない。ぜんぶで六本あるベースとエレキギターもきちんとスタンドに立てられたままでうごかした形跡《けいせき》がまったくない。ポスターのなかのジミ・ヘンドリックスまでがしょげかえって見える。父さんが「ユミ」と呼んだ。いつもは「ヤミー〔訳註：『食べてしまいたいくらいかわいい女の子』という意味〕」って呼ぶのに。人前でそう呼ばれるとかならずにらんでやるんだけど、今日はその呼び名が恋しく思えた。あたしの名前は第二次世界大戦中に死んだヒロコの妹の名前からつけられた。

「ソールはどうしてる?」あたしはきいた。

　父さんはいっしゅんためらった。どこまで話すべきか迷ってるのかもしれない。「なんとか生きてるよ」

　死ってどんなものなのか想像してみた。永遠にさめない長い眠りみたいなもの?　ううん、そんな単純なものじゃないはず。父さんも母さんも、あたしにどの宗教《しゅうきょう》の信仰《しんこう》もとくに教えることがなかった。だから、なにを信じるべきなのかわからない。母さんは洗礼《せんれい》を受けてカトリック教徒《きょうと》になり、カトリックの学校にかよっていたけれど、ふつうのカトリック教徒が信じているようなことを信じてはいない。生命体はみんな霊的《れいてき》なエネルギーに満たされていて、死ぬとそのエネルギーは宇宙に存在《そんざい》するあらゆるものの力に再利用されるんだと信じている。それが正しいんなら、あたしはいつか水仙《すいせん》や牛や雲の一部になるってことだ。

ソールは死んだらなんの一部になるんだろう。なによりも競馬場《けいばじょう》に行くのが好きだから、運がよければチャンピオン馬《ば》に、三冠馬《さんかんば》になれるかもしれない。うん、それなら、ソールにぴったりだ。

いつものようにベジタリアン用のインスタントラーメンとピーナッツバタークラッカーを食べたあと、父さんとふたりで一時間くらいスケートボードをしに行き、ヴェニスのボードウォークのようすをながめた。いつもと同じで、筋肉モリモリの男の人たちがいて、サーカスの衣《い》装《しょう》を着せられたチャウチャウたちを六匹連れたおばあさんがいる。ひとり、見かけない顔の占《うらな》い師《し》のおばさんがいた。きらきらひかる赤い布を頭からかぶっていて、あたしにむかって大声でいった。「おじょうちゃん、寄《よ》ってらっしゃいな。あんたの未来には愛が見えるよ！　あたしの水晶玉《すいしょうだま》はうそをつかないんだから！」それから、父さんのほうを見て「だんなの顔には成功の文字がうかんでるわ！」とさけんだ。父さんはぶつぶついいかえした。「ああ、たぶんタバスコがついてるんだろうよ」

あたしは歩く方向だけじゃなく、海もながめていた。サーフィンにうってつけの波だ。風はメトロノームみたいに安定していて、海に六十センチくらいの波をつくっている。三十年前のこの海岸ってどんなふうだったんだろう。そのころはドッグタウン時代と呼ばれていて、このあたりの子どもたちはみんなベイストリート海岸でサーフィンをし、スケートボードに革命《かくめい》をもたらした。やってる本人たちは、革命を起こしてるって自覚《じかく》してたのかな。

いまやってることをぜんぶほうりだして、サーフボードを家までとりに行けたらいいのに（あたしのボードは父さんがガレージセールで買ってくれた、へこみだらけの古いロングボードだ）。でも、父さんを浜辺にひとり置きざりにするのは気が引けた。父さんは泳げない。だから、むすめがサーフィンするのを見ていると不安になるのだ。あたしになにかあっても、自分では助けることができないから。母さんがいもしないサメのことで大さわぎした話をすると、父さんは声をあげて笑ったあと、首をふった。「いかにもおまえの母さんがやりそうなことだな」それから、まじめな表情になってつけくわえた。「なあ、いいかい、父さんの目の前でおぼれないでくれよ？　もうこれ以上なやみごとをふやしたくない」これがジョークだってことは、父さんのことをよほど知ってないとわからないだろう。

それからふたりでソールとヒロコの家にむかった。車のなかで父さんはずっとだまったままだった。クラッシュのＣＤもラモーンズのＣＤもかけなかった。ハンドルをドラムがわりにしてたたくこともしない。あたしたちのお気にいりのラジオ番組〈ジョンジーのジュークボックス〉を録《と》ったテープをかけることすらしない。〈ジョンジーのジュークボックス〉のDJ、スティーヴ・ジョーンズは元セックスピストルズのギタリスト。口調《くちょう》がやさしげで、ロンドンなまりがどこかユーモラスだ。むかしイギリスで権威《けんい》を否定する過激な発言をしていた人とは思えない。いまは自分が受けているグループセラピーのことや摂食障害《せっしょくしょうがい》のことをラジオで語っている。

毎週土曜の午後は、父さんといっしょにソールとヒロコの家に行く。ふたりはヴェニスから車で北に一時間行ったところにあるいなか町に住んでいる。ヒロコはいつもあたしの大好物《だいこうぶつ》の料理をつくってくれる。バターであえただけのシンプルなパスタに、アボカドのおすし、さつまいもの天ぷら。あたしはお手つだいに、前庭にしきつめられた丸石を熊手《くまで》でならしたり、庭の木になっているくだものに網《あみ》をかぶせたりする。ヒロコは大のきれい好きだ。だから、あたしといっしょにいるのはたいへんなはず。あたしはたぶん地球上でいちばんずぼらな人間だから。母さんはもうなおる見こみはないとあきらめているけど、ヒロコはまだ、いつかあたしが変わるときがくるって信じている。

ふたりの家にはいつもクラリネットをもっていく。ソールは毎回かならず、新しく習った曲を吹いてくれという。そして、ほんとうに真剣にあたしの演奏《えんそう》を聞いてくれる。一楽節まるまるまちがえても、リードがかん高くて耳ざわりな音をあげても、たいくつそうな顔をしたりしない。もっと練習しろといったりすることもない。ただ、にこにこしながら聞いていて、演奏がおわるときまっていう。「ユミ、おまえは将来、第二のベニー・グッドマンになるぞ。わしのことばをよくおぼえておけ」演奏するのがクラシックでも、ソールが一度も聞いたことのない曲でも気にしなかった。

　ソールはよく、ずっとむかしに東京でベニー・グッドマンが演奏するのを見たときの話をする。ソールはたくさんのことを話してくれる。たいていはまとまりのない話だけれど。

　今夜の夕食はいつにもまして力がはいっていた。まるで、世界的な記念日を祝ってるみたい。牛肉のブリスケットにジャガイモのパンケーキ、バジルソースのトルテッリーニにチーズエンチラダ、クスクス、そしてワンタンいりスープ。

「いったいなにごとだ？」ソールは料理を見わたして、あっけにとられたようにいった。でも、牛肉料理を見つけるとほっとした顔になった。ほんとうは肉は食べてほしくない。だけど、あたしがなにをいったってソールは食べたいものを食べるだろう。あたしは三年生のときにベジタリアンになった。食品業界《しょくひんぎょうかい》で動物がひどいあつかいを受けているのを学校の映画で見たからだ。子羊はせまい囲《かこ》いのなかにぎゅうぎゅうに押しこめられ、豚《ぶた》はまだぴくぴくうごいているのに切りきざまれていた。それ以来、あたしはいっさい肉を食べなくなった。

　あたしはほとんどぜんぶの料理をすこしずつお皿にとって食べはじめた。

「ピアノの調律の仕事のほうはどうなんだ？」ソールが大きな声でいった。まるで、マイクがのどに埋《う》めこまれてるみたいにひびく声。ソールは毎週同じことを父さんにきく。

「あいかわらずだよ」父さんはことばをしぼりだすようにしていった。

「ラジオで曲を流してもらえそうか?」

父さんは口をうごかすのをやめて、フォークをおいた。「いや、まだ」

「父さんはまたすっごくいい曲をつくったんだよ」あたしは空気をなごませようとして話にわりこんだ。

「ふーん」ソールはがっかりしているように見えた。その話はそこでおわりになった。

そのあと父さんとヒロコは食べおわるまでほとんどしゃべらなかった。ふたりはそういうところがすごくよく似ている。ふたりの考えてることを知りたかったら、表情をよく見ないといけない。ヒロコが両方の眉《まゆ》をすこしあげるのは、あたしががっかりさせるようなことをしたとき(たとえば、きたない靴下《くつした》をまた洗面所の床にぬぎっぱなしにしたとき)。父さんがふっと笑顔を見せるのは、あたしが弾いたリフに満足したしるし(父さんはあたしにベースを教えている)。ソールだけは思ったことをそのまま口にする。毎週土曜日、あたしが玄関《げんかん》をはいっていくと、いつもまったくおんなじことをいう。「おお、ユミ、おまえの顔を見られてうれしいよ!」

ソールは体ががっしりしているけど、身長は百五十センチしかない(去年のクリスマスにあたしのほうが二センチ高くなった)。くちびるは青っぽい色をしていて、皮《ひ》ふはうすくて、目の色はまるで氷みたいに青い。髪《かみ》の毛はまっ白で、いろんな方向につっ立ってる。ソールみたいな見かけをした人にはほかに会ったことがない。

　ソールとヒロコを見ていると、ときどき、ふたりに共通点なんてあるのかなと思ってしまう。母さんは、人間と人間のむすびつきなんて理屈《りくつ》じゃわからないものなのよという。ソールはたいてい、新聞を大きくひろげてすみからすみまで読んでいるか、競馬新聞を見ながらレースの予想をたてているか、昼寝《ひるね》をしている。ヒロコは庭かキッチンでいそがしくうごいているか、家じゅうをそうじしまくっている。去年電子機器《でんしきき》メーカーを定年でやめてから、ヒロコのかたづけ病はますますひどくなった。四十三年間工場につとめて、休んだのは二日だけ、というのがヒロコの自慢《じまん》だ。休みの理由はソールの肺炎《はいえん》。「まるで赤んぼうあつかいだったよ」ヒロコがそのときの話をするたびに、ソールはにこにこしながらいう。そしてヒロコも笑顔をかえす。

　晩ごはんのあと、いつもなら土曜の夜の定番番組を見るためにテレビの前にすわるのだけど、あたしはそうするかわりに居間《いま》のソファのソールのすぐ横にすわった。

「おやおや、おじょうさま、この名誉《めいよ》にわたくしめはいったいなにをおかえしすればいいでしょう?」ソールはわざとかしこまった調子でいった。それからポケットに手をいれて一ドルとりだすと、あたしにさしだした。「これで人力車《じんりきしゃ》にお乗りください」そして自分の口にしたおなじみの古いジョークに声をあげて笑った。

　あたしはソールのとなりにぴったりよりそった。すると、目から涙があふれてきて、とまらなくなった。

「おお、たいへんだ！　雨がふってきたぞ！　かさをもってきてくれ！　レインコートもだ！　このままじゃ、ふたりともラーメンみたいにふやけちまう！」

でも、あたしは泣きやむことができなかった。つたい落ちる涙でほおがあつくなって、キューバで食あたりを起こしたときみたいに胃がむかむかしだした。食べたものをはいちゃうんじゃないかと思ったけど、そうなるかわりにあたしはいっそうはげしく泣いた。いったいなんのさわぎかと、父さんとヒロコがキッチンから出てきた。涙でくもってふたりの姿はぼんやりとしか見えない。ソールがあたしの肩にうでをまわし、やさしい声でいった。

「だいじょうぶだ、ユミ。心配するな。わしはそうかんたんにくたばったりするもんか。なにしろブルックリン育ちなんだからな。そうだろ？」

あたしは頭をソールのわきの下にうずめたまま、こくりとうなずいた。ソールにとって、ブルックリンで生まれ育ったことはたんなる幸運な偶然《ぐうぜん》ではなく、自分のたくましさを証明《しょうめい》するものだった。

涙がおさまってくると、あたしはソールの目をまっすぐ見つめていった。「ぜんぶ話して」

「なにをだ？」

「ぜんぶ。ソールのことをぜんぶ話して。はじめっからなにもかも。あたしくらいの年のころのこと。アラスカのあちこちを有名な女優《じょゆう》さんとドライブしたときのこと。ソールの人生に起きたことをぜんぶ知りたい」

こんどはソールの目に涙がうかんだ。「ユミ、おまえはいったいどうしてそんなことが知りたいんだ？」

「だって、あたしはいまのソールのことはよく知ってるけど、むかしのソールのことも同じくらい知りたいんだもん」

ソールが内心よろこんでいるのがあたしにはわかった。

一九一三年にわしが生まれたときには、世界戦争なんてなかった。想像してみろ、ユミ。まだ第一次世界大戦ははじまってなかったんだ。そしてはじまったときには「大戦争《グレート・ウォー》」と呼ばれた。みんな、それ以上大きくなりようがないほど大きな戦争だって思ったからさ。だが、それは大まちがいだった。そのころの世界は無邪気《むじゃき》だったといいたいわけじゃない。ただ、もっと単純《たんじゅん》だった。いまよりずっとな。わしはプロスペクト・パーク〔訳註：ブルックリンにある大きな公園〕の近くで育った。当時そのあたりはブルックリンにしては上品な場所だった。うちはいい暮らしをしていた。おやじが工場を経営《けいえい》してたんだ。女ものの下着――ブラジャーだとかコルセットだとか――をつくる工場で、できた商品はデランシー通りで二ドルで売られていた。なに？　コルセットってどうやって着るものかって？　おいおい、そいつは母さんにでもきいてくれ。

さっきもいったが、うちはかなりいい暮らしをしていた。住んでいたのは公園から一ブロックはなれた三階建ての高級住宅だ。アイルランド人のメイドが毎日かよって来ていて、いくらそうじしてもわしがすぐ散らかすんでぶうぶうもんくをいっていた。車もあった。車をもつ家庭なんてまだほんのひとにぎりだった時代にな。信じられないような速さであたりを走りまわったことをおぼえてる。いまの時代でいえば、ロケットに乗ったようなもんさ。はじめて車に乗ったとき、おふくろはわしと兄きに冬の帽子《ぼうし》をかぶらせた。七月のさなかにだぞ！　子どもたちの耳が風で引きちぎれるんじゃないかと心配したんだろうな。その日、わしらはブルックリンじゅうを走った。まるで有名人気どりで、クラクションを派手《はで》に鳴らし、道行く人に手をふった。

だが、いい時代にはかならずおわりが来る。よくそういうだろ？　おふくろが癌になった。いまとちがって化学療法も放射線治療もない。癌と診断されることは死を宣告されることと同じだった。なあ、ユミ、わしは九十二歳だ。じゅうぶん自分の人生を生きた。だが、おふくろは三十八歳の美しい女だった。大きな茶色の目にピンク色の肌《はだ》。手は鳩《はと》のように白かった。ルスというのがおふくろの名前だ。旧姓《きゅうせい》はイェンケルで、おやじと結婚してルス・ハーシュになった。わしは毎日学校から走って帰ってくると、まっすぐおふくろの部屋にかけあがった。毎日、おふくろのぶじをたしかめるために全速力で家まで走ったよ。いちばんおそれていたのは、学校にいるあいだにおふくろが死んでしまい、わかれをいえないことだった。

おふくろはどんどんやせおとろえていった。あんなに若々しかったのに、二年ですっかり年よりになった。わかるか？　きっかり二年で、おふくろは三十八歳から六十歳になっちまったんだ。髪は白くなり、手はしわだらけで、目は落ちくぼんで小さなふたつのビー玉が埋めこまれてるみたいだった。だが、いちばん変わったのはにおいだ。ユミ、自分の肌のにおいをかいでみろ。ほら、早く。さわやかなにおいがするだろ？　世のなかでいちばんいいにおいがするはずだ。死ぬまぎわのおふくろは老いたにおいがした。どれだけ香水《こうすい》をふりかけても、タルカムパウダーをはたいても消せるにおいじゃない。兄きのフランク――わしの四歳年上だった――にはそのにおいがわからなかった。赤んぼうのときに猩紅熱《しょうこうねつ》にかかって鼻がきかなくなったのさ。

ユミ、おまえに話したいのは、おふくろが死んだ日、わしはその死を前もって知ったってことだ。四月のある火曜日だった。すばらしくよく晴れた春の日で、悪いことなんてまるで起こりそうになかった。わしは八年生だった。おまえももうすぐ同じ学年になるな。ふと、おふくろが呼ぶ声が聞こえてきた。家は四ブロックもはなれているのに、たしかにおふくろが呼んでいるのが聞こえたんだ。「ソール、ソール、帰ってきて。おわかれの時間よ」あれほどの速さで走ったのは人生で一度っきりだな。アラスカでヘラジカにおっかけられたときもそこまでのスピードは出なかった。文字どおり家に飛んで帰って、二段飛ばしで階段をかけあがった。おふくろはわしをまっていた。「あの子はもう帰ってきた？」そうなんどもおやじにきいていたらしい。

おふくろはわしを見ると、手をぎゅっとにぎりしめてきた。そして最後ににっこりほほ笑み、胸にわしの頭をのせたまま、息を引きとった。わしは赤んぼうみたいにわんわん泣いた。おふくろが死ぬことはわかっていたのにな。だが、ちっともはずかしいとは思わん。十三歳で、わしは赤んぼうのように泣いた。いま思い出しても涙がこみあげてくる。おお、ティッシュか。ありがとう。おまえはいい子だ。

おふくろの葬儀《そうぎ》には地域の人たち全員が顔を出した。みんな、わしらのこされた家族に親切で、クーゲル〔訳註：ヌードルや米などでつくるプディング〕やらルゲラ〔訳註：ドライフルーツなどが中にはいったクッキー〕やら、当時のよきユダヤ人女性がつくる料理をもってきてくれたよ。なかでもとなりに住むエルシー・ブルーメンフェルドと三人のむすめたちはだれよりも多くの食べものを運んでくれた。だが、あまりにも親切すぎて、わしはあやしむようになった。エルシーは二年前に夫《おっと》を亡《な》くしていて、「だからあなたの気もちはわかるわ」といった。そのとき、エルシーはほほ笑んでいた。だから、わしはあの女を信用しなかった。ユミ、悪い知らせをつげるときにほほ笑んでるやつはけっして信用するな。いいか、わしのことばをちゃんとおぼえておくんだぞ。

おふくろが死んでからなにもかもが変わった。おやじは二か月後にエルシーと再婚《さいこん》し、エルシーがむすめたちを連れてうちにこしてきた。フランクはその年の秋に大学にはいり、その後、コーネル大学の化学の教授《きょうじゅ》になった。信じられん話じゃないか？　鼻のきかない化学の教授だぞ。爆発《ばくはつ》事故を起こして吹っ飛ばなかったのは奇跡《きせき》さ。エルシーはすぐにあらゆることを自分の好みに変えていった。おふくろの服をぜんぶ運びだして、くずひろいがもっていくように通りにすて置いた。おふくろの好きだったオペラのレコードも同じ目にあった。使っていた寝《しん》具《ぐ》も、あつめていたアンティークの香水びんもな。エルシーはおふくろがもっていたなかでいちばん高価な宝石を質《しち》にいれちまい、ブラジル製のけばけばしい蝶《ちょう》のかざりピンを買いやがった。おふくろのものでのこしておいたのは、真珠《しんじゅ》のネックレスだけだった。

　エルシーのむすめのうち、上のふたりはろくでもないやつで、頭がおそろしくにぶかった。長いこと、わしはふたりの見わけがつかなかった。どっちもまるまるとした顔をしていて、まったく無表情だったからさ。牧場に連れていったら、きっと草を食《は》みはじめたことだろうよ。わしのいいたいことはわかるだろ？　なにも、おまえの大好きな牛をばかにしてるわけじゃない。あいつらのいたずらのセンスときたらひどいもんだった。わしのズボンを煮えたぎった湯で洗濯《せんたく》し、ありえんくらいちぢませやがった。おかげで、そのズボンは二度とはけなかった。あの姉妹の名前はもう思い出せん。いや、一分くれ。思い出そう。いいや、あいつらは邪悪《じゃあく》な継姉《ままあね》と呼ぶにはまぬけすぎる。これはおとぎ話じゃないぞ、ユミ。おお、思い出した。一番上がゼルダで二番めがサディ、三番めがジュリエットだ。

　一番下のジュリエットはやさしいむすめで、あの親子のなかじゃただひとりまともな人間だった。わしの記憶《きおく》がたしかなら、あのときまだ九歳だった。エルシーは礼儀《れいぎ》を教えるためだといって、わしをときどき夕食ぬきで部屋に追いやったが、ジュリエットは同情して、いつもナプキンにつつんだブリスケットやベイクトポテトをこっそりもって来てくれた。そして、ベッドに腰《こし》かけて、わしが食べるのをじっと見まもり、あとから母親に知れてひどい目にあわされることがないように、食べかすを念《ねん》いりにひろいあつめたもんさ。あの子はわしの世話をしてくれた。九歳にして、母親と姉ふたりをあわせてもかなわんくらいの母性《ぼせい》をもちあわせていたのさ。親子がこしてきた夏、わしはジュリエットにチェスのやりかたを教えてやった。あの子はみるみる上達《じょうたつ》していき、まもなく、わしと対戦《たいせん》しても勝つことのほうが多くなった。あの子は頭のいいむすめだったんだ、ジュリエットはな。ずっとあとになって知ったことだが、あの子は三人姉妹のなかでただひとり大学まですすんだそうだ。社会学だったか心理学だったかを専攻《せんこう》したらしい。

「あたし、あなたのお母さんのことおぼえてる」ジュリエットがまたチェスでわしを負かしたあとにそういったことがあった。「とってもいい人だったわ」あんまりやさしげな目で見つめるもんだから、わしはおふくろが死んだときのようにはげしく泣いた。ほんとうに心のやさしい子だったよ、あのむすめは。だが、ふたりの姉はそうじゃなかった。母親のように卑劣《ひれつ》でさもしいやつらだった。わしがシンデレラのようになげきかなしんでるのが聞こえてくるようだろ？ だがじっさいは、わしはやつらのおかげで早く成長しなけりゃならなかった。一刻《いっこく》も早くな。ユミ、わしはもう母親を恋しがってめそめそ泣いてるひまなんてなかったんだよ。

おやじはエルシーとむすめたちのいいなりだった。だから、エルシーがわしはもう働ける年《ねん》齢《れい》だと判断《はんだん》したときも、おやじはさからわなかった。働くっていうのは、アイスクリームを売ったりするようなアルバイトをすることじゃないぞ。ほんものの仕事、つまり、工場や波止場《はとば》で働くことだ。ローンの足しにするためにな。だから、わしは学校をやめなきゃならなかった。そのころ、おやじの工場はかたむきはじめていたんだ。女たちの着る服の丈《たけ》が短くなって、みんなもうコルセットをつけなくなってきたからだ。フラッパーってことばを聞いたことがあるか？　関節がこんなに痛くなけりゃ、チャールストンをおどって見せてやるんだがな。若いころは、そりゃあダンスがうまかったもんさ。とにかく、そのフラッパーたちの出現でおやじの商売は立ち行かなくなった。だが、そんなものはそのあとに来る大恐慌《だいきょうこう》にくらべたら屁《へ》でもなかった。あのときにはみんなが無一文《むいちもん》になっちまったんだからな。

学校をやめることはわしにとってはたいした不幸じゃなかった。勉強はまったくできなかったし、わしと同じような年で働いている子どもはおおぜいいた。いまとは時代がちがったからな。いまは博士号《はくしごう》がなけりゃ役たたずって世のなかだ。だから、おまえの父さんに、もっと勉強していい教職《きょうしょく》につけっていってるんだ。わしの死んだ兄きのフランクみたいに、楽でわりのいい教師の職を見つけろってな。夏には三か月もの長い休みがあって、ほかにも短い休みがちょくちょくあるし、手当《てあて》もいろいろある。脳《のう》みそさえあれば、教師が世のなかでいちばんいい仕事だ。ともかく、あのときのわしは、どのみち働かなきゃならないんなら、エルシーとむすめたちを食わせるために働くことはないと考えた。だから、家を出た。十四歳で世のなかに出た。ユミ、おまえには想像がつかんかもしれん。だが、あのころはそういう時代だったんだ。

第二章　九月

「ソールがね、これまでの人生のことを話してくれることになったんだ」あたしはポップコーンをもうひとつかみとりながらいった。今日は金曜日で、親友のヴェロニクの家に泊《と》まりにきている。

「なんで?」ヴェロニクはあたしをじっと見た。ミニーマウスの耳を頭につけてる。そのかっこうで寝《ね》るのが好きなのだ。

「あたしがソールのことをぜんぶ知りたいっていったから」

「死ぬ前にってこと?」

「うーん、はっきりそうはいってないけど、でも、そう、死ぬ前に」はじめてソールの病気のことを話したとき、ヴェロニクはいつまでも泣きやまなかった。ヴェロニクはどんなことにも、あたしよりずっと大げさに反応する。あたしの不幸にも。それになんでもこわがる。クモとか、午前零時《れいじ》を打つ時計の音とか、とつぜん玄関《げんかん》のベルが鳴ったときとか。

「パパのおばあちゃんは百六歳まで生きたよ」ヴェロニクはあたしを元気づけようとしていった。「その前に『もうだめだろう』って五十回くらいいわれてたのに。毎日、チョコレートも食べてたし。一日五百グラムは食べてた」

「ええ！　五百グラム？　ソールはそんなには食べられないだろうな」

「わたしならいけるな」ヴェロニクはくすくす笑った。好きなものを好きなだけ食べても、ヴェロニクはいつも棒《ぼう》みたいに細い。好物《こうぶつ》はバター。バターだけお皿に盛って食べる。あたしたちは一年生のときに出会った。食堂《しょくどう》でとなりになったとき、ヴェロニクがバターサンドイッチを半分くれたのだ。「蟻《あり》ってマーガリンが好きじゃないのよ。わたしたちといっしょで、バターのほうが好きなの」といって。

それ以来、あたしたちは親友になった。六年生になると、いっしょにオーケストラにもはいった（ヴェロニクはヴァイオリンを弾《ひ》く）。

「ソールのお母さんが死んだときのこともいろいろ話してくれたんだ。それから十四歳のときに家から追いだされたことも。おじいちゃんやおばあちゃんにも親がいるとか、あたしたちと同じ年のころがあったとかなんて、ふだん考えたこともないよね」

「うちの親、すっごい年よりなの！」ヴェロニクがびっくり箱から飛びでたみたいに、きゅうに立ちあがった。「だれにもいうなっていわれてるんだけど、パパ、ほんとは六十歳で髪《かみ》もそめてるんだ」

「髪のことは気がついてた」

「ほんと?」

「ねえ、こういうのって相対的《そうたいてき》なものだよね。あたしたちは八年生で、だから、みんな、今年は最上級生だぜって、下級生にいばりちらすじゃない。でも、六年生なんて、すっごくちびでかっこ悪いから、なんかかわいそうになっちゃう。あたしたちも、たったの一年前はああだったわけだよね。でも、自分があんな無知だったことなんて、もう思い出せないよ」

「でも、あいつらほんとにちびでかっこ悪いんだもん」ヴェロニクは声をあげて笑った。

あたしたちの中学は大きな公立中学校で、市内のあちこちから二千人の生徒がかよってきている。だから、いけてる男の子もたくさんいる。なかでもイーライはずばぬけてかっこいい。

あたしがイーライのことを好きなのを知っているのはヴェロニクだけだ。

「そういえば、ホイルボールはどうなった?」あたしは話題《わだい》を変えた。ヴェロニクはクローゼットに行って、なかから巨大なアルミホイルの玉とメジャーを出してきた。ヴェロニクはアルミホイルをあつめて――サンドイッチを食べてると、ホイルをひったくっていく――びっくりするほど大きな銀の玉をつくっている。「直径四十七センチ」ヴェロニクは満足げにいった。

「一か月前より十センチ大きくなってる」

ヴェロニクのお父さんとお母さんは離婚《りこん》しかかってる。お兄ちゃんは自閉症《じへいしょう》だ。ファミリーセラピーに行くとみんなどなりあうらしい。離婚ってそんなに悪いものじゃないよってヴェロニクにいいたくなる。といっても、父さんと母さんが結婚していたころのことをあたしはまったくおぼえてないんだけど。

「なにか映画見る？」ヴェロニクがきいた。

「うん」もう、あまり話をする気分じゃなかったけれど、頭はぐるぐる回転したままだった。もし父さんと母さんが離婚してなかったら、あたしの人生はどんなだったろう。あたしはしょっちゅう母さんの家や父さんのロフトにわすれものをして、だらしがないと責《せ》められる。だけど、自分たちだって、あたしみたいに三つの場所でちゃんとした生活をしなくちゃならなかったら、どんな思いをすると思う？　ときどき、夜中に目がさめて、ここはどこだっけって思うことがある。父さんのロフトのツインベッドか、ソールとヒロコの家のソファベッドか、母さんの家の天蓋《てんがい》つきのベッドか。

さいきんまで父さんと母さんはすごくうまく行ってたのに、このところ、ぎくしゃくしてきている。一番の理由は、母さんにジムという新しい恋人ができたこと。二番めは母さんがナパヴァレーに引っこしたがっていること。母さんは何年も前にそこに家を買っていて、これまでずっと人に貸していた。ロサンゼルスで暮《く》らすことにも、大都市の高い物価《ぶっか》にも、もううんざりなのだと母さんはいう。そりゃあ、母さんはそれでいいかもしれないけど、あたしは引っこしなんていやだ。あたしが大学に行くまで、どうしてここで暮らしてくれないの？

朝、母さんがジムとむかえに来た。ジムはテキサスに住んでいて、音楽の教授《きょうじゅ》でオーケストラの指揮者《しきしゃ》をしている。母さんの朗読会《ろうどくかい》に来て、それで恋に落ちたのだという。母さんはよく「ジムはわたしのただひとりの追っかけなのよ」という。あきれる。自分のことをロックスターとでも思ってるわけ？　母さんはほぼ十二年、ずっと独身で、これまでたいした男の人には出会わなかったみたいだ。何回か、デートの相手を「友だち」として紹介されたけど、もちろん、どんな関係かってことはわかっていた。父さんのほうはたぶん離婚してからずっと恋人はいないはずだ。

長いあいだずっと、あたしと母さんのあいだにも、あたしと父さんのあいだにも、だれもいなかったから、いまさらこの関係が変わるなんていやだ。ふたりのあいだを行ったり来たりする生活をのぞんでいたわけじゃないけど、もうすっかりこの生活には慣れてる。父さんと母さんがよりをもどすことを期待してはない。でも、だからって、べつのだれかとうまくやることを強制《きょうせい》されるのはごめんだ。

「ブランチに行きたい人は？」ジムが楽しそうにきいた。週末をまたロサンゼルスですごすつもりなのだ。

「ごめんなさい、でも、いい」あたしはもごもごこたえた。

「ユミ、お行儀《ぎょうぎ》よくなさい」母さんはいらいらした声でいった。

「だから、ごめんなさいっていったじゃない。おなかすいてないの」

「いいんだ、いいんだ。気にしないで」ジムが親切にすればするほど、ますます険悪《けんあく》なムードになっていく。「サーフィンに行きたいかい？　今日は私もチャレンジしてみようかな」

あたしはぷっと吹きだした。この人、あたしがふたりといっしょに海に行くって本気で思ってるわけ？

「あなたがサーフィンを教えてあげたらいいじゃない？」母さんの声にはいかりがこもっていたけれど、したがう気はさらさらなかった。

さいきんのあたしには選択権《せんたくけん》があまりない。だからできるときには、存分《ぞんぶん》にその権利《けんり》を行使《こうし》するつもりだ。拷問《ごうもん》にかけられたって、食事ぬきにされたって、ぜったいにジムとはサーフィンに行かない。だいたい、ジムのウエットスーツ姿《すがた》なんて考えたくもない。うぇーっだ！　するとジムはこんどは、いっしょになにか演奏《えんそう》しようといいだした――ジムはチエロも弾くのだ。でも、もちろん、あたしにはそうする気もない。もう、どうしてほうっておいてくれないの？

「宿題がたくさんあるの」これにはだれもなにもいえなかった。

月曜日、オーケストラの指揮者をしているシュンタロウ先生があたしの人生に爆弾《ばくだん》を落とした。先生はロサンゼルス統一学区《とういつがっく》〔訳註：公立の幼稚園から高校までの運営を統括する行政区分〕からとどいた緑色の書類《しょるい》をつかみ、オーケストラのメンバーの前でいらいらした声で読みあげた。「遺憾《いかん》ながら、われわれの学区はウィルトン中学校の吹奏楽団《すいそうがくだん》とオーケストラの両方を支援《しえん》していくことが不可能となりました。よって、オーケストラは本日づけで正式に活動を停止《ていし》していただきます」

抗議《こうぎ》と不信の声がどっとあがった。オーケストラがなくなる？　イーライがチューバでおならをまねた音を出した。ファゴットはあわれっぽい音を鳴らした。ヴィオラは全員立ちあがって、「いやだー！」とさけんだ。ヴァイオリンのふたりがしくしく泣きだした。第一チェリストのアレックス・パーヴェルは大またでドアにむかった。「ストライキしてやろうぜ！」とこぶしをふりあげる。「やつらに抗議してやるんだ！」。「それって意味がないんじゃない」あたしはアレックスの背なかに呼びかけた。「だって、ストライキって演奏しないってことでしょ？　そんなの、やつらがのぞんでることだよ」

シュンタロウ先生がみんなを落ちつかせようと、スチールの折りたたみいすの上で飛びはねて、チンパンジーみたいにキーキーかん高い声をあげた。先生はいつも予想がつかない行動をとる。一度、全体練習がうまく行かないときに、楽譜《がくふ》をむしゃむしゃと食べはじめたことがあった。あたしたちにそれぞれのパートを「消化」しろといいたくて。食べるふりをしたんじゃない、ほんとうに食べたのだ。ダッフルバッグから塩とこしょうをとりだして、ぱらぱらと楽譜にふりかけていた。でも、今日は先生のチンパンジーパフォーマンスもききめはなかった。

「こんなのゆるせない！」あたしがさけぶと、みんなもいっせいに「そうだ！　ゆるせない！」と声をあげはじめた。コントラバスのクインシー・ケイラーが携帯《けいたい》電話をとりだして、撮影《さつえい》しはじめた。「フォックス・ニュース〔訳註：アメリカのニュース専門放送局〕に送ってやる！」クインシーはみんなのさけび声に負けじと声をはりあげた。

「そうだ、そうだ！」ヴェロニクが金切《かなき》り声でいった（あたしとふたりのときはいつもいいたい放題《ほうだい》しゃべるけど、オーケストラのときにヴェロニクが口をひらいたのはこの二年ではじめてだ！）。

シュンタロウ先生はこんどはピンクの紙をひらひらさせてあたしたちの注意を引こうとした。嘆願書《たんがんしょ》で、みんなの署名《しょめい》がほしいという。あたしは大きなまるっこい字で自分の名前を書くと、二重に下線を引いた。ぜんぶで八十二人分の署名。ききめがないはずがない。

オーケストラがなくなるという情報が学校じゅうにひろがると、みんなの反応は……まったくの無関心、だった。けっきょく、クラシック音楽に興味《きょうみ》のある生徒なんていないのだ。

学校にいて耳にはいってくるのは、たいていがすっごく低レベルのラップか、すっごく低レベルのポップスだ。最悪のポップスを聞かされることはあたしにとって拷問だ。たぶん、あたしの音楽の好みは両極端《りょうきょくたん》なんだろう。かたいっぽうは、最上級のロック、とくにパンク（かっこだけなのは論外《ろんがい》！）で、もうかたいっぽうはモーツァルトにマーラーにチャイコフスキーだから。四年生のときにクラリネットを習いだしてすぐ、母さんがあたしをはじめて交響楽《こうきょうがく》団《だん》のコンサートに連れていってくれた。

音楽を演奏することが職業《しょくぎょう》になりえるの？　あたしはそのとき思った。そして、その瞬間《しゅんかん》、大きくなったら自分もそうすると誓《ちか》いを立てた。ロサンゼルス・フィルハーモニーの第一クラリネット奏者《そうしゃ》ユミ・ルイス＝ハーシュ。なんていいひびきだろう。でも、オーケストラがなくなったら、どうやってその夢をかなえたらいい？

オーケストラ存続《そんぞく》のために戦おう。必要なことはなんだってやってやる！

オーケストラのみんなとわかれたあと、ブラジャーを買うために母さんと車でダウンタウンに行った。母さんはおそろしく運転がへたで、ハンドルをにぎると人格が変わったみたいにきたないことばを使いはじめる。そして「一種のトゥレット症候群《しょうこうぐん》〔訳註：けいれん性の動作をくりかえしたり、とつぜんわめいたり、ののしったりする脳の病気〕」ね、あなたはぜったいにこんなことばをまねしちゃだめよ」という。でも、見かける車ぜんぶに毒《どく》づくんだから、平気にしてるなんてむりだ。車に乗っているあいだに、母さんにオーケストラの話をした。

「今日づけで、学校のオーケストラがなくなったの」あたしは暗い声でいった。

「オーケストラがなくなった？　あの日本人青年、クビになったの？」

「学区がいってきたの。もううちのオーケストラを支援できないって。吹奏楽のほうはまだのこってるけど、たぶん、そっちも長くはないんじゃないかな」

「そんなのゆるせないわ！」母さんはきゅうにハンドルを切った。イカれたオートバイが路肩《ろかた》をものすごいスピードで走ってきて、ぶつかりそうになったのだ。

「あたしもそれとおんなじせりふいった」

「で、どうするつもり？」

「あたしたちにできることなんてないよ」

「いくらでもあるわよ、愛しい人《ミ・アモール》。いくらでもね。こんなこと、いつだって、だまってゆるしちゃだめなのよ。ＰＴＡ会長に電話して、なにができるか相談《そうだん》してみるわ」

「どうにもならないと思うけど」

「さがせば方法は見つかるわ。母さん、大人気のブーツを半額で手にいれてあげたじゃない？」

「それとこれとは話がちがうよ。それに、今日だってわざわざダウンタウンまで行く必要あるの？　下着を買うだけなのに」

「知ってるでしょ。わたしは――」

「わかってる、わかってる。小売価格《こうりかかく》で買いものはしない、でしょ？」これは母さんのモットーだ。母さんはキューバ生まれだけど、ソールと同じでブルックリンで育った。母さんの親はレストランを経営《けいえい》していて、なんでも卸値《おろしね》で買っていた。牛乳は一度に十リットル以上、牛肉は一頭単位、パンも何十斤《なんじゅっきん》もまとめて買う。母さんはいまだに、ふたり分の食事をつくるのが苦手だ。レシピの分量を三倍、四倍にしてつくって、あまった料理はぜんぶ冷凍庫行き。冷凍庫には何年も凍《こお》ったままの料理がたくさん眠っていて、まるで氷河期《ひょうがき》のお墓《はか》みたいになっている。

学校でほかに変わったことはないのかと母さんがきいた。オーケストラの話はもうおわり？ほんとに無神経なんだから。あたしはそれから最少限の返事しかしなかった。そのせいで母さんはどんどんいらいらしていったけど。

ダウンタウンに着いたときにはもう閉店時間まぎわになっていた。あたしたちは、ありとあらゆる卸売りの衣類《いるい》があふれている通りを何本もいそぎ足で見て歩いた。

「ウエストサイドの高級店だってここで商品を仕入れてるのよ。それでばか高い値段《ねだん》をつけてわたしたちに売るの」母さんはかわいいロングのギャザースカートをいじりながら、鬼《おに》の首でもとったようにいった。

ほんとだ。これとおんなじスカートが、ロサンゼルス一の繁華街《はんかがい》のサードストリートプロムナードで七十ドルで売られているのを見たことがある。でも、やっぱりここにあるもののほとんどは安っぽい品物だ。

母さんは一軒《いっけん》の下着屋にはいっていった。奥《おく》に行くと、パステルカラーのブラジャーが巨大な蛾《が》みたいにいくつもぶらさがっている背の高いラックがたくさんあった。母さんはさっそく店主《てんしゅ》と値段交渉《こうしょう》をはじめた。それが楽しみなのだ。「きっちり勝負《しょうぶ》できない客は商売人に見くだされるのよ」母さんはいつもいう。

「その値段をおのぞみですたら、すぐなぐとも六ダースは買っていただくませんと、おぐさん！」店主はなまりがひどくて、その話しかたにぴったりの口ひげをはやしていた。

「わかった、一ダース買う」

「きごえなかったんだすが？」店主はかっかしてきていた。でも、母さんが前に教えてくれたことによると、これも交渉ゲームの一部らしい。

「通りの先の店で似たようなブラジャーがもっと安く売ってたわ。でも、ここのほうが品《しな》がいい。わたしにはわかるわ」母さんは念押《ねんお》しするように近くのブラジャーのカップをパンチして、にっこり笑った。

　店主の態度がほんのすこしやわらいだ。

「じゃあ、一ダースで十ドルはどう？」

「ずうご！」店主はほえるようにいった。

「十二ドル。でもそれ以上は一セントも出せない」

「オーゲー、おぐさん、承知《しょうち》すたよ。あんだみたいな客がほかにもいたら、うぢは破産《はさん》だ。おすまいだ！」

　母さんはブラジャーを十二枚えらぶと（三枚あればじゅうぶんだったのに）、得意《とくい》顔であたしを見た。「おなかすいたでしょ？」

　おもての屋台《やたい》でタマーリ〔訳註：トウモロコシ粉でつくった生地に具をいれてトウモロコシの皮にくるんで蒸したメキシコ料理〕とソフトドリンクが売られてい

た。あたしはチーズのタマーリにしたけど、母さんはもちろん極辛《ごくから》チリソースのポークタマーリをたのんだ。あたしは母さんをにらんだけど、ベジタリアンのいかりを公衆《こうしゅう》の面前《めんぜん》で派手《はで》にぶつけるようなまねはしなかった。母さんは平気でところかまわず大さわぎするけれど。それはもう母さんの遺伝子《いでんし》に組みこまれたものなのだ。

「なにが原因で癌《がん》になるの？」その夜おそく、ココアを飲みながら母さんにきいた。パジャマの下には買ったばかりのブラジャーをしていた。かたいから早く慣らしたい。

「だれにもはっきりとしたことはわからないのよ」母さんはやさしい声でいった。「ときどき、これといった理由もなく、細胞《さいぼう》が変異《へんい》して、増殖《ぞうしょく》し、健康な細胞を攻撃《こうげき》しはじめることがあるの。でも、そうなるには補助的《ほじょてき》な要因《よういん》がいろいろあるわ。ストレス、栄養《えいよう》のかたより、食物繊維《しょくもっせんい》の不足、ベータカロチンの不足、抗酸化物質《こうさんかぶっしつ》の不足……」

母さんはずらずらと原因をあげていったけど、あたしは聞いていなかった。あたしが知りたいのは、どうしてソールが死ななきゃいけないのかだ。九十二歳になって悪いところがぜんぜんないなんてありえないのはよくわかってる。それでも、奇跡《きせき》が起こってソールの病気がよくなってほしい。母さんだっていつもいってるじゃない？ 世のなかでは不可思議《ふかしぎ》なできごとがかぞえきれないほど起きてるって。理屈《りくつ》で説明できないようなことがいっぱいあるって。母さんとキューバに行ったとき、サンテリア教〔訳註：アフリカのヨルバ族の信仰とカトリックの祭儀をむすびつけたキューバの宗教〕の儀式《ぎしき》に何回か行った。そこではサンテーロと呼ばれる僧侶《そうりょ》たちが貝がらを投げて未来を占《うらな》ったり、病気の人たちに薬をあげたりしていた。あのときはこわかったけど、いまはあのサンテーロたちにソールのことを相談できたらいいのにって思う。もしかしたら、ソールがもっと長生きできるようにしてくれるかもしれないし、癌をなおしてくれるかもしれない。時間を止めることだってできるかもしれない。

それはあたしがなによりものぞんでいることだ。

すこしたつと、友だちのほとんどがインターネットでチャットをはじめたので、あたしもくわわった。話題はすぐにオーケストラのことになったけど、みんなどうしたらいいかわからなかった。抗議すべき？　国会議員に手紙を書くのは？（でも、どの国会議員に書いたらいいのかわからない！）シンディ・グレイディが、指揮者になるよと名乗りをあげた。でも、シンディは自分のフレンチホルンをちゃんと鳴らすことにすら苦労している。調子がいい日でも、死にかけのヘラジカの鳴き声みたいな音しか出ない。それから、嘆願書への署名活動をもっと大々的にやろうという話になった。だけど、学校ではたいした支持は得られそうにない。あたしはお金をあつめることを提案《ていあん》した。たくさんあつまればオーケストラを自分たちの手で運営《うんえい》していける。つまり、独立するのだ。

とつぜん、みんながいろんなアイデアを出してきた——バザー、洗車、レモネード売り。でも、とほうもない数のカップケーキを売ったとしても、フルオーケストラを長く運営していくには足りないだろう。コルクグリス〔訳註：クラリネットやオーボエなどのジョイント部分のコルクにぬる潤滑剤〕とリードが買えればいいほうだ。「発想《はっそう》をまったく変えなきゃ」クインシー・ケイラーの書きこみ。あたしはその意見に賛《さん》成《せい》した。

「資金《しきん》あつめのコンサートは?」あたしは提案した。「女子だけのパンクバンドとか」。三つのコードが弾けて気迫《きはく》をじゅうぶん出せれば、パンクはできるって父さんはいつもいっている。だったら、そんなにむずかしくないはず。ラモーンズの名曲をふたつカバーして、一曲くらいオリジナルだってつくれるかもしれない。みんなこのアイデアにもりあがったけれど、ロックの楽器ができるメンバーなんてひとりもいなかった。「電撃《でんげき》バップ」や「ティーンエイジ・ロボトミー」を、ヴァイオリン(ヴェロニクかルーシー・キム)とフレンチホルン(シンディ・グレイディ)、チェロ(レイチェル・レイマー)、ファゴット(ゾーイ・ホフマン)、フルート(カーラ・ウィンロー)、クラリネット(あたし)で演奏するなんて想像《そうぞう》できない。

でも、五分もしないうちに、まだ存在《そんざい》もしないバンドの名前をめぐって激論《げきろん》になった。あたしは〈ドント・コール・ミー・ミス〉が気にいっていた。ほかの候補《こうほ》は、〈テストステロンフリー・ゾーン(TFZ)〉〈ザ・アナスターシアズ〉〈キス・フォー・ア・ダラー〉〈ザ・ネオ・クランプス〉〈ナスティーガールズ〉。クインシーが、男子をのけ者にするなよともんくをつけた。そして、なんだったら女装《じょそう》してもいいとまでいいだした。げっ。身長百九十センチ、体重八十キロの男子の女装姿なんて観客全員《かんきゃく》が目をそむけるだろう。あたしたちはひきつづきアイデアを練《ね》ることにきめて、チャットを終了した。

夜、ベッドにはいると、母さんがむかしから好きなスペインの詩人ガルシア・ロルカの詩を読んでくれた。

月が川の上をとおりすぎていく
どうして空はこんなにおだやかなのか
月はゆっくり刈《か》りとりはじめる
川が長いあいだかかえてきた不安を
若いカエルが川面《かわも》をのぞきこんでいる
月を小さな鏡だと思いこんで

なかなか寝つけなかった。夜型の人間はなにかと損《そん》をしていると思う。サーフィンにしたってそうだ。サーフィンにいちばん適《てき》しているのは早朝だってみんないうけど、あんがい夜だっていいかもしれないじゃない？　あたしは想像してみた。カリフォルニアかハワイか、オーストラリアだっていいけれど、長い海岸線を手にいれて、夜のあいだ、巨大なスポットライトで照らす。そうしたら、だれでも二十四時間、三百六十五日、いつでも好きなときにサーフィンができる。夜間のサーフィン大会もひらいて、太陽がのぼったら眠る。だれも日焼けせずにすむ。うん、とっぴょうしもない発想だから、かえってうまくいくかもしれない。もしかすると、あたしは世界的に有名になって――

あたしの妄想《もうそう》は母さんの電話の声で中断された。電話の相手はニューヨークに住む母さんの妹のティア・パロマ。ふたりはほぼ毎晩、世界じゅうのインターネットサイトを見てまわって、養子《ようし》にする赤ちゃんをさがしている。ティア・パロマは母さんとはひとつしか年がちがわないけれど、子どもをもったことがなくて、切実《せつじつ》に赤ちゃんをほしがっている。いろんな赤ちゃんのことをひそひそと話しているのが聞こえるけれど、どうやらティア・パロマはまだ自分の子にしたい赤ちゃんには出会ってないみたいだ。それからまた電話が鳴った。ジムにまちがいない。母さんにおやすみをいうためにかけてきたのだ。声がずっと低くて小さくなったから、母さんがなにをいっているのかまではわからない。電話をたたきこわしてやりたくなった。ようやく眠りに落ちると、夢を見た。夢のなかのあたしは夜の海で高さ十メートルの大波に乗っていた。

翌日《よくじつ》、父さんのところに行くと、ロフトはほとんどいつもの状態にもどっていた。音楽が大音量で鳴っていて、父さんはソーシャル・ディストーション〔訳註：アメリカのパンクロックバンド〕の古いCDにあわせてギターを弾いていた。ジョニー・キャッシュの「リング・オブ・ファイアー」のカバー曲らしい。あたしは曲にあわせておどりだした。といっても、父さんの前では本気でおどりまくるってことはありえないけど。ミリーもいっしょにおどらせようとしたけど、自分の毛布までさっさとにげてしまい、すぐにいびきをかきはじめた。バンドの新曲を書いてるんだと父さんがいった。メンフィス・ミニー〔訳注：アメリカの女性ブルース歌手〕の古いレコードからインスパイアされたのだという。むかし、どこかのばかな音楽学者が「あなたのおかかえ運転手《ショウファー》になりたい」という有名な一節を「あなたの靴箱《シューボックス》になりたい」とまちがえて書きうつしたことがあるとライナーノーツにのっていたらしい。

「なんてまぬけなやつ！」父さんは声をあげて笑った。「だが、おかげでいい曲が書けそうだよ。むずかしいのはシューボックスと韻《いん》をふめることばを必要な数だけ見つけることだ」

父さんはエレキギターを一本つかみ、ポータブルアンプの音量をあげると、うたいはじめた。

きみの逆説《パラドックス》になりたい
きみの靴下《ペア・オブ・ソックス》になりたい
きみの春分《イクウィノックス》になりたい
きみの金塊貯蔵所《フォートノックス》になりたい

ねえ、ベイビー、きみの靴箱《シューボックス》になりたいんだ

おれをきみのだいじな靴箱にしておくれ

「いまのところはここまでだ」父さんはにっと笑って、あたしの反応をまった。「なにかアドバイスは？」

「積み木の箱《ボックス・オブ・ブロックス》は？」あたしは笑いだした。床にすわりこんだニキビ面の男が積み木であそびながらラブソングを口ずさんでいる絵が頭にうかんできた。

「いいぞ、ヤミー！」父さんは興奮《こうふん》してメモをとった。

「スモークサーモンのベーグルサンド《ベーグルズ・アンド・ロックス》？」

「すごいな、完ぺきだ！　もっと早くおまえに相談するべきだったな」それから父さんはつぎつぎに候補をあげて、あたしの判断《はんだん》を求めた。「きびしい実社会という学校《スクール・オブ・ハード・ノックス》？」（採用《さいよう》！）「天然痘の症状《ケース・オブ・スモールポックス》？」（微妙《びみょう》。）「きみのけつにいるダニ《ザ・チック・イン・ユア・トック》？」（却下《きゃっか》！）「火成岩《イグニアス・ロックス》？」（ぜったい却下！）ふたりとも大笑いしすぎて話ができなかった。とつぜん、父さんが泣きだした。顔はくしゃくしゃにゆがみ、涙でぐしょぐしょだった。えっ？　あたしはびっくりしたのと同時に、父さんがすごくかわいそうに思えてきた。こんなとき、むすめのあたしはどうしたらいいの？

「だいじょうぶだよ、父さん」あたしは父さんの背なかをやさしくさすった。母さんがあたしを寝かしつけるときにしてくれるみたいに。「なにもかもうまくいくよ」

わしのはじめての仕事は、ロウワー・イースト・サイドにあるアルメニア料理のレストランでのウェイター助手だった。きまった給料はなかった。ウェイターたちがチップの一部からその気になっただけの額《がく》をくれるんだ。つまり、わしはやつらの思うままというわけさ。ときには五セント硬貨《こうか》二枚だけという日もあった。そこで一日一食メシにありつけていなかったら、餓死《がし》していただろうよ。わしはその店のクフタという詰《つ》めもののいりのミートボールが好きだったんだが、食いすぎると店主にどなられた。英語とアルメニア語でな。「おまえはわしを破産させたいのか！　もううんざりするほど食っただろう！」どなられるだけじゃすまないこともあった。

　ところで、毎日昼どきに店に来るじいさんがいた。きまってハーシという料理をたのむんだ。牛のひづめと胃と舌でだしをとったスープで、店でいちばん安いメニューだった。じいさんはもんくをいいどおしだった。「こいつはさめてるぞ！……肉がまったくないじゃないか――ただの湯を出してるのか？」こんな調子でいつまでもつづく。ある日、ウェイターたちはじいさんに仕かえししてやることにした。順番にスープのなかにつばをはいてやったんだ。皿がまわってくると、わしもつばをはきいれた。信じられるか？　じいさんはその日のスープをえらく気にいったのさ。コックが変わったのかとまできいてきた！　その日の午後はその話で笑いが絶《た》えなかった。だが、それ以来、そのじいさんはぱったり姿を見せなくなった。わしらが殺しちまったんじゃないといいいんだがな！

わしがつぎに働いたのはボタン工場だった。そこですぐに九時から五時までの仕事にはむいてないことがわかった。昼の休けいは十分間で、仕事中にうしろをむくと、かならずいなか者のはく息が首すじにかかるんだ。出来高《できだか》ばらいだったから、根《こん》をつめすぎて、手がけいれんするようにもなった。ゆいいつよかったのは、女にかこまれていたことだった。いいにおいのするむすめたちがわしのほおにキスしてくれたものさ。それから、ガーメントセンター〔訳註：マンハッタンの一地区で、女性用衣類の製造卸売りの中心地〕で、ラックを運ぶ仕事をはじめた。その仕事は一か月つづいたはずだ。きつい仕事だったが、通りの雑踏《ざっとう》のなかで働くのは性《しょう》にあっていた――それにわしはラックをおどろくほどのスピードで運ぶことができた。仕事をやめたのは、ラックをある店の窓につっこんじまったからだ。ガラスを弁償《べんしょう》するのに親方《おやかた》は十ドルはらうはめになった。十ドルといえば当時はひと財産《ざいさん》だった。うそじゃないぞ。

ほかにどんな仕事をしたかって？　そうそう、ウォールストリートの大物の使い走りをした。一日半、炎天下《えんてんか》で靴《くつ》みがきをしたこともあったな。ユダヤ系の新聞社の地下郵便室《ちかゆうびんしつ》でも働いた。そのときは十時間まったくおてんとうさまをおがめなかった。ダウンタウンの花屋で水やりの仕事もしたよ。あのころは山ほど職があったのさ。だが、どの仕事もせいぜい数週間しかつづかない。そのうえ、かせいだ金はあっというまになくなっちまった。共同住宅《テネメント》の小さい部屋を借りて――いまはテネメントなんて呼びかたはだれもせんな――一杯のエッグクリームとコーヒーでなんとか生きのびてた。あのころのいちばんの楽しみは、ブルックリンの波止場《はとば》をぶらぶら歩いて、港に出入りする船をながめることだ。だが、波止場で働くにはつてが必要だった。それに、わしはまだほんの子どもだった。港で働く道を見つけるのはまだまだずっと先のことだ。

　数年間、ニューヨークでのその日暮らしがつづいた。それでも、わしはまだ、いまのおまえとさほど変わらん年だった。ユミ、いま、おまえが責任を負わされていることはなんだ？　部屋をかたずけること？　宿題をやること？　ぜいたくな話だな。ああ、たしかに、おまえは引っこさなきゃならんかもしれん。だが、母さんは生きてるだろ？　おまえを愛してくれてるだろ？　人間はうしなってはじめてそのものの価値を知るもんだ。いいか、ユミ、いま手にしているもののありがたさを知れ。いま、おまえのまわりじゃいろんなことが目まぐるしく変わりはじめてる。だが、けっきょくはすべてまるくおさまるかもしれんだろ？　ひとつのとびらを閉めることでべつのとびらが開くかもしれないじゃないか。

　もう話したように、わしはニューヨークの通りで一人前の男になることを学び、虎視眈々《こしたんたん》とチャンスをうかがっていた。チャンスはいつなんどきやってくるかわからんからな。白状《はくじょう》すると、女たちにも目をこらしていた。ちょうど女に興味をもちはじめる年ごろだったのさ。十六、七だったんだからな。自分でいうのもなんだが、わしは見ばえのいい青年だった。笑ってるな？　たしかにいまの姿からは想像がつかんだろうが、まちがいなくわしはハンサムだった。女はみんなソールに熱をあげた。いつもいってるが、身長なんてなんの意味もない。なにかしっかりしたものをもってさえいればな。

わしはブロードウェイの靴屋で働いているエセル・クラインマンというかわいいむすめに恋をした。その店はふつうの靴屋じゃなかった。足に問題をかかえる人たち――魚《うお》の目《め》やたこができていたり、変形していたりする人たち――が使う治療《ちりょう》用《よう》の靴をつくっていた。

あるときついに、わしは勇気をふるい起こしてエセルを食事にさそった。思いがけずすぐにオーケーしてくれたんで、いそいで金を工面《くめん》しなくちゃならなくなった。いまはなんでも折半《せっぱん》だが、あのころは男が女をさそったら、いっさいがっさい男のはらいだった。それで運がよけりゃ、ほっぺに軽いキスがもらえた。

さて、どこまで話した？　おお、そうだった。わしはいそいで金をつくる必要があった。だったら競馬《けいば》に行こうぜ、と友だちのマーティー・フェルデンバーグがさそってきた。わしらは列車でロングアイランドに行った。スタンドには身なりのいい人々がおおぜいいた。いまじゃ見かけるのはくずみたいなやつばかりだがな。晴れた日で、芝《しば》は見たことがないくらい青かった。トラックを轟音《ごうおん》をたてて駆《か》ける馬たちはまるで神のようだった。これ以上すばらしいことがあるか？　そのときのわしは思った。だが、さらにすばらしいことが起きたのさ。わしは一時間で五ドルを五十ドルにした。さらに三時間賭《か》けつづけて、もう二百ドルがふところにはいった。これほどかんたんに金が手にはいったことはなかった。マーティーはビギナーズラックだといったが、そうじゃないことをわしは確信《かくしん》していた。才能だよ。わしは一列にならぶ馬を見ただけで、どの馬がさいしょにゴールするかわかった。勝ってやるって気がいをもった馬がわかったのさ。そいつは本命馬《ほんめいば》とはかぎらなかった。わしのその才能がどこから来たのかはわからん。だが、ともかく、単調《たんちょう》な仕事をする毎日はおわった。

いいか、よく聞け、ユミ。ほしいものがあれば、そいつをがむしゃらに追え。ゴールを目ざして走る馬たちのようにな。

第三章　十月

誕生日《たんじょうび》。あたしはベイストリート海岸に行き、百九十センチのま新しいラスティのボードでサーフィンをしていた。あんまりへたくそに見えないように全力でふんばった。自分のなかではもういっぱしのサーファーのつもりだけど、じつはまだ初心者だから。頭で思いえがく自分の姿《すがた》と現実の姿のあいだには大きなギャップがある。傑作《けっさく》といわれるサーフィン映画はぜんぶ見た。いちばん好きなのはさまざまなサーファーたちの姿を追ったドキュメンタリー『ステップ・イントゥー・リキッド』。あたしもいつか十二メートルの水の壁《かべ》をすべりおりたい。あたしの部屋の壁には、ハワイのオアフ島のエフカイビーチにあるサーフポイント、パイプラインでチューブライディング〔訳註：波がチューブのように巻くなかをサーフボードでぬけること〕するサーファーたちのポスターがはってある。世界一のサーファー、レイアード・ハミルトンや、レイン・ビーチリー、それにケリー・スレーター（母さんはポスターを見るたび、心臓《しんぞう》が止まりそうという）。もちろん、ラモーンズやデヴィッド・ボウイのポスターも場所をゆずってはいない。

母さんは両親、つまりあたしのおじいちゃんとおばあちゃんを説得《せっとく》して、誕生日プレゼントをサーフボードとウエットスーツにしてもらった。よく説得できたなって思う。だって、ふたりはあたしをいまだに小さな子どもだと思ってるから。プレゼントは一週間前にとどいた。念《ねん》いりに梱包《こんぽう》されすぎてて、開けるのにものすごく時間がかかった。キューバ生まれのおじいちゃんとおばあちゃんは、ソールとヒロコとはすべてが正反対。陰と陽みたいに。ふたりは今月のおわりにマイアミから会いに来る。あたしの誕生日祝いをかねたハロウィンのパーティーを家の庭のプールでひらくことになったから。

パーティーをするのを母さんになんとか許可《きょか》してもらうと、あたしは学校の友だちみんなに声をかけた。オーケストラの男子も何人かさそった。トロンボーンのスコット・クレア、チェロのクリスチャン・ワーグナー、チューバのマイク・スズキ、ティンパニのビリー・〝ラスベガス〟（本名じゃないのはいうまでもない）、そして、もちろん、イーライとクインシー。

かなしいことに友だちのなかにサーフィンをする子はひとりもいない。だから、海にはいるときはいつもひとりぼっち。地球上でもっともサーフィンにむいている海岸ぞいに住んでいるのに、みんなサーフィンをやりたがらない。ただひとり、ほんのちょっと興味《きょうみ》をしめしてくれているヴェロニクは、泳ぎが得意《とくい》じゃないし、放課後はお兄ちゃんの世話をしなくちゃならない。

このあたり（きっと世界じゅうどこでもそうだと思うけど）のサーファーのほとんどは男だ。しかも、あたしより年上の人たちばかりで、ときどきかなり年をとった人も見かける。どんな人たちなんだろうってちょっと気になる。たいていの人がもう何年も毎日来てる（すくなくともあたしがここに来るといつもいる）。みんな有名でもなんでもないけど、すごくうまくて、職業《しょくぎょう》としてじゃなくスポーツとしてサーフィンを愛している。この人たちは全盛期《ぜんせいき》のジェイ・アダムズやトニー・アルヴァを知ってるかなあ。どうしてふつうのサーファーたちの人生を語ろうとする人がいないんだろう。

今日は父さんがあたしにつきあって浜辺に来てくれている。母さんが朗読会《ろうどくかい》で各地をまわってるから。十月はヒスパニック系アメリカ人の伝統と文化を後世《こうせい》につたえる催《もよお》しがおこなわれる月間、ヒスパニック・ヘリテージ・マンスで、母さんはあちこちの大学から講義《こうぎ》や朗読会の依頼《いらい》を受けている。イースターのウサギや感謝祭《かんしゃさい》の七面鳥《しちめんちょう》と同じで、あたしも季節ものなのよ、と母さんは冗談《じょうだん》めかしていう。母さんの親友のナイジェリア人作家は、二月が書きいれどきだと笑ってた。二月はアフリカ系アメリカ人の歴史をふりかえり、たたえる月間、ブラック・ヒストリー・マンスだから。こんなふうに人を分類《ぶんるい》するなんて強引だと思う。だって、あたしみたいにいろんな国の血が流れている人間はどの月に分類される？

二年前、父さんとあたしは、あるアーティストのハーパ・プロジェクトというのに参加し、写真をとられた。そのアーティストはアジア人の血を引く人たちの肖像《しょうぞう》写真の連作をとりたがっていた。ハーパというのはアジアや太平洋にうかぶ島々の民族を祖先にもつ、混血《こんけつ》の人たちのことだ。あたしと父さんは――ほかにも何十人も参加していた――両肩を出して写真にうつった。そのときの写真はあとで本になった。それから「あなたは何者？」という質問へのこたえを紙に書かされた。

あたしはこう書いた。

あたしは五年生で、物語を読んだり書いたりするのが大好き。詩を書くのも好き。これもそのひとつ。

秋が来たの？
枯《か》れ葉が地面に落ちる　ぱらぱら、ぱらぱら
地面は痛い？
ねえ、秋が来たの？

父さんはこう書いた。かくばった力強い字で。

あなたは何者？　むずかしい質問だ。あえていえば、無口で、左翼《さよく》で、ユーモアがわかっ

て……他人のおろかさにだんだんがまんしきれなくなってるヤツ、かもしれない。

じつは、おれにとってこの質問がむずかしいのは、じっさいの自分じゃないものによって自分を定義《ていぎ》づけたり、定義づけられたりすることに慣れているからだ。おれは父親だ。個性についてのほかの定義は状況《じょうきょう》によって変わるもんじゃないか？　おおざっぱにいえば、他人じゃないのがおれってことじゃないかと思う。

あんたにとっては、ハーパということだけでじゅうぶんか？

「ハーパ」ということばを父さんが使うのを聞くのはこのときがはじめてだった。いつもはだいたい「日本人の血が半分流れている」とか「母親がヨコハマ出身だ」とかいう。だけど、ソールから受けついでるもう半分の血について話しているのは聞いたことがないと思う。

誕生日に母さんがいないのはがっかりだけど、サーフィンができてうれしい。今日は波があらくて、ずっと砂浜の近くで小さな白い波に乗る練習をしていた。金曜の午後だったから、サンタモニカ・ピアの遊園地《ゆうえんち》の乗りものに乗ってる人たちのさけび声が聞こえてくる。観覧車《かんらんしゃ》はライトアップされていて、ジェットコースターはさかさになったイモ虫みたいにゆっくりレールをのぼっている。ジェットコースターは大好きだけど、サーフィンにはかなわない。永遠《えいえん》にこうしていられたらいいのに。

　父さんのロフトにもどると、ヒロコとソールがまっていた。誕生日のお祝いに食事に連れていってくれるという。ミリーはうれしそうにみんなのにおいをくんくんかぎまわったあと、興《こう》奮《ふん》しすぎて体力を消耗《しょうもう》したらしく、毛布にもどって寝《ね》そべった。ミリーにはしっぽがほとんどない。だから、しっぽをふろうとすると、体のうしろ半分がいっしょにうごく。こんなかわいい子、見たことない。ブルドックを飼《か》っていてひとつだけかなしいのは、寿命《じゅみょう》が七、八年しかないことだ。犬の収容所《しゅうようじょ》からもらってくるときには、もう成犬《せいけん》になっているから、いっしょにいられる時間はあまり長くない。ミリーを飼う前はビッグ・ボーイという名のオスを飼っていて、その前はサリーというメスを飼っていた。サリーの前に飼ってたのがフランク。フランクははじめて飼ったブルドッグだった。ほかの種類の犬を飼うなんて考えられない。ブルドッグはよだれがすごいし、腸にガスがたまりやすい。なまけ者だし、頭もあんまりよくない。でも、これほど愛情の深い犬は世界じゅうどこをさがしたって見つからない。

　どこに食事に行くかで大もめしたけど、けっきょくはいつものお店になった。ワシントン大通りにあるユダヤ料理のお惣菜屋《そうざいや》兼食堂《けんしょくどう》だ。メニューをきめるときも同じことが起きた。みんな、今回はあれにしよう、いや、これにしようといいあったけど、けっきょくはいつもと同じものをたのんだ。

ソールの定番：ライ麦パンのパストラミサンドとフライドポテト（コレステロール値《ち》があがるわというヒロコの小言は完全無視《むし》）。
ヒロコの定番：野菜と大麦のスープと、ドレッシングをべつぞえにしてもらったサラダ。
父さんの定番：グレーヴィーソースのかかった七面鳥のオープンサンド（スポーツジムに行った週にはフライドポテトも）。
あたしの定番：チーズとトマトのホットサンドにフライドポテト。

デザートにはストロベリーチーズケーキをひとつたのんでみんなでわけた。あたしはいつものようにカラーチョコスプレーがトッピングされているバニラアイスを食べた。おもしろみがないけれど、なにが出てくるかわかってるとなんだか安心する。今夜は、アイスにろうそくが一本立てられていて、ウエイターの男の人がちょっとかすれたバリトンであたしのためにバースデーソングをうたってくれた。とちゅうで一度せきこんで中断《ちゅうだん》したけど。
なんだかほんとに母さんが恋しくなった。母さんがあたしを呼ぶときのニックネームがつぎつぎと頭にうかんでくる。英語とスペイン語の両方があって、はずかしくなるような呼びかたもたくさんある。クッキーパイ、おでぶちゃん《ゴルディータ》、美人さん《ルールー》、オカルトおたく《ウーウー》、ププサ（訳註：トウモロコシ粉のパンケーキ）、かわいいウサちゃん《ハニー・バニー》、ハモンチート（信じられないけど「小さなハム」って意味――あたしはベジタリアンなのに！）。親が離婚《りこん》していることがいちばんつらく感じるのがこんなときだ。いっしょにいてほしいと思うときにほとんどいてくれない。すくなくともふたり同時にいてもらうことはできない。すべてが半々。誕生日もクリスマスもほかの休日も。半日はこっちで半日はあっち。一度でいいから、三人で一日じゅうすごせたらいいのに。

「けっきょく誕生日パーティーの仮装《かそう》はなんにしたんだ？」ソールがきいた。

「まだいいアイデアがうかばないの。あたし以外はみんなもうきめてるのに」

　ヴェロニクはエドワード・シザーハンズになるという（もう何年もジョニー・デップにはまってるのだ）。クインシーはミュータントフロッグ〔訳註：アメリカのコミック『ミュータント・タートルズ』に出てくるミュータントのカエル〕。カーラは女バイク乗りになると宣言した。やぶけたTシャツに革《かわ》パンツをはいて、メイクをばっちりきめるという。ただし、バイクはないけど。お兄ちゃんのスクーターは貸してもらえないらしい。カーラはただイーライにセクシーな姿を見せたいだけだ。イーライが好きだから。「どんな仮装をするの？」とカーラがたずねるたびに、イーライはいつもにやっと笑って「それは当日のお楽しみ」といった。

　いい仮装のアイデアがぜんぜん出てこない。いつか寝る前に母さんがおもしろい詩を読んでくれた。おわりの一行はこうだった。「わたしはただの目の見えないあわれなアコーディオン弾きのネズミです」。うん、これはいい仮装になるかも！

　パーティーの二日前、キューバ人のおじいちゃんとおばあちゃんが大きなスーツケースふたつといっしょにロサンゼルスに到着した。この前サーフボードとウェットスーツをくれたのに、スーツケースの中はあたしへの誕生日プレゼントでいっぱいだった。おばあちゃんはいまだにあたしの好みが小さいころと変わってないと思いこんでいる。だから、クマのプーさんのキャラクターグッズがいくつも出てきた。アドレス帳、日記、ペンセット、一メートル近い大きさのぬいぐるみ。それからハローキティのベッドカバーとシーツのセット。手招きする前足のクッションもついていた。おばあちゃんは蛍光色《けいこうしょく》のベロアのスウェットスーツまで五、六着もくれた。つつみをあけながら、母さんのほうをちらっと見ると、「よけいなことはいわずにお礼をいいなさい」と目でたしなめられた。母さんはちょっと礼儀《れいぎ》を重視《じゅうし》しすぎだと思う。

母さんはギフト用クローゼットというのをつくっていて、いらないからだれかにあげようと思うもらいものを保管《ほかん》している。半分がおばあちゃんとおじいちゃんからもらったものだ。ふたりからの去年のクリスマスプレゼントは有刺鉄線《ゆうしてっせん》みたいなネックレスだった。母さんはいまだにそれをあげる相手をきめかねてる。あたしはとうとう、かわいいTシャツばかりがはいった箱に行きついた（やった！）。つぎの箱にあったのは刺《し》しゅうがはいったジーンズ（なんか着られそう？）とサーフィンのカレンダー（すごくかっこいい！）と潜水用《せんすいよう》の足ひれ《フリッパー》（なんで!?）。サーファーが足ひれをつけるなんてどうして思ったんだろう。でも、そのかっこうを想像《そうぞう》したらおかしくなって、大声で笑ってしまった。

おばあちゃんはいつもスペイン語で話しかけてくる。あたしはスペイン語がわかるけど、こたえるときには英語を使う。おばあちゃんはつねに、あたしにキューバ人の血が流れてることを意識《いしき》させようとする。キューバ人であることはおばあちゃんのなによりのほこりなのだ。あたしにはほかの国の血も流れていることや、あたしが自分を何者だと思いたいかにはあまり関心がなさそうだ。おばあちゃんはキューバ革命で故郷《こきょう》をうしなったから、自分のアイデンティティを保ちつづけることが重要なのだと母さんはいう。でも、それとあたしとなんの関係がある？

おばあちゃんと父さんはむかし、政治の話でよくいいあいになった。いまはふたりともおたがいを疫病神《やくびょうがみ》だと思ってて、かかわるのをさけている。父さんは、おばあちゃんはそのとき支持している主張にあうように事実をでっちあげるという。「ねじまげるのは歴史上の大きなできごとだけじゃないぞ。個人的なこともだ。たとえば、おまえが生まれたときの話がそうだ」。でも、そのことにはみんながそれぞれちがう記憶《きおく》をもってる。一致《いっち》しているのは、おばあちゃんがあたしのへその緒《お》を切ったってことだけ。

おばあちゃんの記憶：医者が切るように命じたから、うやうやしく、でも堂々とそれにしたがったわ。

父さんの記憶：あのばあさんがおれを押しのけて、はさみをとりあげ、へその緒を切ったんだ！

母さんの記憶：お父さんが失神《しっしん》しそうだったから、おばあちゃんがはさみをとっただけよ。お父さんの顔はまっ青《さお》で、手はぶるぶるふるえてたわ（父さんはもうれつないきおいで否定した。これもふたりが離婚した原因のひとつだと思う）。

パーティーの夜、母さんとおばあちゃんが大激突《だいげきとつ》した。いちばんできのいい仮装に賞をあげるべきだとおばあちゃんがいいだしたから。

「一番になることのなにが悪いの？」おばあちゃんはどなった。「あんたはいつも、みんなが平等《びょうどう》じゃないといやがるわね。キューバのあいつらとおんなじ。でも、現実はちがうのよ。いつだって勝者《しょうしゃ》は存在《そんざい》するの！」シルクのブラウスの胸《むな》もとで、真珠《しんじゅ》のネックレスが大きく上下している。おばあちゃんはあざやかな赤紫《あかむらさき》のツーピースを着て、同じ色のパンプスをはいていた。ランプの精《せい》を呼びだすみたいにしきりにネックレスを手でこすってる。

「だからって、ほかの子たちに敗者《はいしゃ》の気分を味わわせる必要はないでしょ」母さんはなるべく感情をおさえながらいった。まるで小さな子どもにいい聞かせてるみたい。あたしにブロッコリーを食べさせるとき、いつもこんな話しかたをしていた。「みんな一生けんめい衣装《いしょう》をつくったのよ。それにこれはパーティーなの。パーティーは楽しいものじゃなきゃ。でしょう？」

「あんなリベラルな大学に行かせるんじゃなかったわ」おばあちゃんははきすてるようにいった。目をトカゲみたいに細くして。

母さんとおばあちゃんは自分たちが思ってるよりも性格が似ていて、ゆうずうがきかない。ただ、すべての点で正反対なのだ。あたしはため息をついて部屋を出た。ふたりだけで気がすむまでけんかさせておくのがいちばんだ。

ぎりぎりになってやっとハロウィンの仮装をマジシャンにきめて、いそいで衣装を仕上げた。母さんのカラフルなスカーフをうでと足にぐるぐる巻きつけて、母さんが何年も前のダンスパーティーで男装《だんそう》するために使った古いシルクハットをかぶった。両肩にはインコをのせようとしたけど、すぐに断念《だんねん》した。インコのマンゴーとピーチーズが家じゅうを飛びまわって、あちこちにフンをしたから。おばあちゃんはパニックを起こした。ハバナで夕暮《ゆうぐ》れどきによく出てきたコウモリを思い出すというのだ。コウモリ？　それってちょっと大げさじゃない？　でも、あたしはとにかく二羽をかごにもどした。

さいしょに来たのはヴェロニクだった。シザーハンズの仮装がすっごく似あってる。気味の悪い黒髪《くろかみ》のかつらをかぶって、デスマスクみたいな化粧《けしょう》をし、両手は段ボールとアルミホイル（例のばかでかいホイルボールからすこし拝借《はいしゃく》したそうだ）でつくった大きなハサミになっている。サスペンダーつきの黒いパンツをはいていて、おしりが男の子みたいに細くてぺったんこに見える。ああ、やっぱりベスト仮装賞をつくればよかったかも。そうしたら、まっさきにヴェロニクにあげたのに。

すぐにほかの子たちも来はじめた。みんな衣装がとてもこっていて、おたがいを指さしながら笑いあった。ゆいいつ、チワワに扮《ふん》したのがだれなのかわからなくて、全員で正体をさぐりはじめた。母さんが裏庭《うらにわ》をライトアップしてくれていた。プールの水が月明かりにきらきらひかって、まるで一面レースでおおわれているみたい。あちこちに風船やリボンがかざられていて、ピクニックテーブルの上にはおいしいスナック菓子《がし》（誕生日だから母さんが大目に見てくれた）がどっさりのっている。チートス、コーンチップとサルサソース、M&Mのチョコレート、ミニサイズのチョコバー、手づくり風のチョコチップクッキー、ワカモレソース〔訳註：つぶしたアボカドに玉ねぎや香草をまぜたサルサソースの一種〕、ゆでた大豆《だいず》（スナックじゃないけど大好き！）、ドクター・ペッパーにスプライト。あとでピザとアイスケーキも出てくる予定だ。「正体をあばいてやる！」とみんなでチワワを追いかけまわしたけど、耳ざわりなかん高い声でほえながらにげるチワワは足が速くて、だれも追いつけなかった。

　とつぜん、おばあちゃんが母さんのサルサのCDをかけて、仮装パレードをしましょうといいだした。もう、おばあちゃん、お祭りじゃないんだから！　あたしは顔から火が出そうになったけど、みんな一列になって前の子の肩に手をおいて、おどりながらプールのまわりを行進しはじめた。先頭はイーライで、げらげら笑いながら、気がふれたマリアッチ楽団〔訳註：メキシコを代表する楽団の様式で、団員は民族衣装を着て演奏する〕の団員みたいに「アイ、アイ、アイ、アイ」とさけんだ。ただし、ロブスターの姿でだけど。手は大きなハサミになっていて、ちゃんとバターソースまでかかってる。ありえないくらいかわいい！　もちろん、イーライのすぐうしろはカーラだった。カーラはけっきょく女バイク乗りのかっこうはやめて、ミニのひらひらドレスを着てベビードールに仮装してきた。

あたしがいちばん好きなのはたぶんクインシーの仮装。ミュータントフロッグはやめて、二番目に傑作な仮装をしてきた。なんとイカ！　クインシーとイーライは親友どうしで、「おれたちはシーフードビュッフエだ！」とジョークをいい、タルタルソースをくれとさわいだ。ふたりはわざわざおばあちゃんのところにまで行って、せいいっぱいていねいな口調《くちょう》と真剣《しんけん》な声で「タルタルソースをいただけますか？」とたのんだ。すると、おばあちゃんは真に受けて、冷蔵庫のなかを熱心にさがしだした。それでみんなさらに大笑いした。

まもなくプールに飛びこむ子が出てきた。さいしょに飛びこんだのはアスパラガスに仮装したルーシー・キム。二番目はチワワ。チワワの正体はおどろいたことに第一ヴァイオリンのマイケル・ゴメスだった。そのつぎはヴェロニクで、かつらがすっ飛んでプールの底にしずんでしまった。

ヴェロニクは、ペパロニピザを三切れ食べ、果敢《かかん》なイカ少年クインシーにかつらを回収《かいしゅう》してきてもらうと、ようやく気をとりなおした。そのころにはもうだれもかれもがプールに飛びこんでいて、十月で、しかもこのころのロサンゼルスの陽気にしては寒かったのに、泳いだり、肩車《かたぐるま》に乗ったどうしでおたがいを落とそうとしたりした。しばらくすると、全員がプールサイドにならんで、同時に飛びこむことにした。一、二、三とかぞえると、クインシーがさけんだ。「なかでおしっこすんなよ！」そして、みんなでいっせいに走りだしてプールに飛びこんだ。最高に楽しくて、あたしたちはなんども同じことをくりかえした。母さんはプールを三十度にあたためて、あちこちにタオルの山をつくってくれていた。凍死《とうし》する子が出ないように。

母さんがジャクジーのスイッチをいれると、みんなそこにあつまった。イーライがあたしの肩にうでをまわし、顔を近づけてきてささやいた。「さいっこーのパーティーだな」冷たくてしめったイーライのくちびるが耳にふれた。

これこそ完ぺきな瞬間《しゅんかん》だ。ここからうごきたくない。年をとりたくない。母さんに恋人なんてつくってほしくない。ソールに死んでほしくない。時間を止めたい。この瞬間が永遠につづいてほしい。なにもかもずっとこのままにしておけたらいいのに。月は大きくてまんまるで、友だちみんながそばにいて、夏のなごりのジャスミンの花は夜空の星みたいに闇《やみ》のなかで白く映《は》え、いいかおりをはなっている。

来ていた子たちのほとんど全員がオーケストラにはいっていたから、自然とオーケストラの活動停止《ていし》が話題《わだい》になった。きっと再開できる道はあるはず。あたしはもう一度、資金《しきん》あつめのコンサートをやることを提案《ていあん》した。

「おれたちが演奏《えんそう》するクラシックに金をはらうやつなんていないよ」イーライがうめくようにいった。

「あたしたちに演奏できるのはブラームスだけじゃないってところを見せてやろうよ」あたしは口をはさんだ。「ロックをやるのは？」

「ロック――あたしたちが？」ルーシーは「そんなのむり」って顔であたしを見た。アスパラガスの先が直角に折れまがっている。

クインシーは、あたしがチャットで提案したような数人の女の子だけが参加する形はぜったい反対で、コンサートでは全員が演奏すべきだと力説《りきせつ》した。そして、イカの足の一本を空につきあげて大声でいった。「それで全校生徒に来てもらうんだ！」

全員が一瞬《いっしゅん》だまりこんだ。クインシーの提案が正しいとはっきり思えたから。どうしてもっと早く思いつかなかったんだろう。でも、ほんとにそれでみんな来てくれる？　あたしはソールのいっていたことを思いうかべた。「ほしいものがあれば、そいつをがむしゃらに追え。ゴールを目ざして走る馬たちのようにな」もし、五百枚――講堂《こうどう》の座席のたった半分の数――のチケットを五ドルで売ることができたら、一年間はオーケストラの活動をつづけられる。

「そんなにたいへんなことじゃないだろ？」クインシーはすごく興奮していて、イカの十本の足がぶるぶるふるえていた。

ちょうどそのとき、母さんが「アイスケーキの時間よ！」と大声でいい、みんないっせいにピクニックテーブルにむかった。おばあちゃんとおじいちゃんでデジタルカメラのとりあいになった。それから調子はずれの合唱がはじまった。「ハッピーバースデー・トゥー・ユー！

ハッピーバースデー・トゥー・ユー！　ハッピーバースデー、ディア・ユーミー、ハッピーバースデー・トゥー・ユー！」フラッシュがつづけざまに光って（もちろん、カメラを手にいれたのはおばあちゃんだ）みんなが拍手《はくしゅ》しながら大声でいった。「願いごと！　願いごと！」

願いごとがたくさんありすぎる。でも、ソールのことよりだいじな願いごとはない。どうかソールをもうちょっと長生きさせてください。ソールは九十二歳だし、永遠に生きられる人間なんていないことはわかってるけど、でも――うん、わかった、ここは現実的なお願いにしておこう――せめてあたしたちのコンサートの日までは生きていてくれますように。

おお、ユミ！　おまえの顔を見られてうれしいよ。なにをもってきてくれたんだ？　わしの分のバースデーケーキ？　おばあちゃんにはないしょだぞ。ヒッヒッヒッ。ケーキと聞いたらことわるわけにはいかん。とくにおまえのケーキとなればな。食べてるあいだ、なにか吹いてくれんか？　そういえば、オーケストラのほうはどうなってる？　ほんとか？　わしも数にいれてくれ。最前列で見るぞ。で、なにを吹いてくれる？　新しく習った曲？　よし、腰《こし》を落ちつけて、じっくり聴《き》こう……すばらしい演奏だったぞ、ユミ！　おまえにはまちがいなく才能があるな。いいか、わしのことばをよくおぼえておけ。おまえは第二のベニー・グッドマンになる。

わしの話をまだ聞きたいか？　とちゅうでやめたりはしない？　それはいい心がまえだ。じきにおまえもわしの年になって、自分の孫むすめに人生のことを語るときが来る。おまえはきっとおもしろい話を聞かせたいはずだ。はらはらする冒険話《ぼうけんばなし》やわくわくする話やへーっと思わせるような話をしたいだろ。おまえがどう人生を生きたかって話は、あとから来る人間へのプレゼントになる。遺産《いさん》のようなもんだ。わしはおまえに金をのこしてやることはできん。りっぱな家やなんかもな。だが、自分の経験《けいけん》をつたえることはできる。ひょっとすると、おまえはそこからほんのすこしでもなにかを学ぶことができるかもしれん。

わしの時代の人間たちはもうみんないなくなっちまった。わしを見ろ。兄きも二十年前に死んで、家族でのこってるのはわしひとりだ。死を覚悟《かくご》して生きてるやつなんてひとりもいない。だれにきいても、自分は不死身《ふじみ》だとこたえるやつはおらんだろう。だが、いざ死が近づいてみると思い知るのさ。自分はずっとそう思いこんでたってことをな。ズボンをおろしているところを人に見られたときの気分、つまり、ふいうちを食らった気分を味わうわけだ。だから、しっかり生きろ、ユミ。どうにもならんことにくよくよして、人生を楽しむことをわすれるな。親がしてくれてることをなんでもうまく利用するんだ。おまえは母さんと世界じゅうを旅してる。ヴェトナムにも行ったろう？　そこじゃおまえの年のころの子どもがどれだけゾウに乗って働いていた？

よし、わしの話にもどろう。ずっとおまえに大恐慌《だいきょうこう》の話をしたいと考えていて、ふと気がついた。あのころの知りあいはもうだれも生きちゃいないってことにな。とにかく悲惨《ひさん》な時代だった。みんながなにもかもをうしなった。家族もちは家賃《やちん》をはらえずに家を追いだされた。仕事はまったくなかった。禁酒法《きんしゅほう》の時代はおわっていたが、ニューヨークやシカゴの裏通りにはまだいわゆる「もぐりの酒場《スピークイージー》」がたくさんあった。人々は飲んでおどって、日ごろのやっかいごとをわすれたのさ。あの時代に名をはせたバンドのいくつかはそういう酒場から出てきた。

酒場の奥《おく》の部屋では本格的な賭《か》けごとをやっていた。たいていはポーカーだ。勝負にくわわりたけりゃだれかの紹介が必要だった。つまり、ぶらりと立ちよっていきなりまぜてもらうってわけにはいかんってことだ。わしはそこでも、まずまずのうでがあることがわかった。もっとも、大もうけしたってわけじゃないがな。だが、暮《く》らしていくにはじゅうぶんの金がかせげた。ああ、わしは問題なく暮らせてた。そのころはホテル暮らしだった。部屋を借り、食事をたのみ、夜に洗濯物《せんたくもの》を出して翌朝《よくあさ》にとどけてもらった。それ以上なにが必要だ？

国が立ちなおるまで、どん底《ぞこ》の状態が何年もつづいた。FDRはみごとだったよ。できることをすべてやった。FDR、つまりフランクリン・デラノ・ローズヴェルトはまちがいなく歴《れき》代大統領《だいだいとうりょう》でもっとも偉大《いだい》な男だ。ユミ、これにかんしちゃ、だれにもとやかくいわせるな。だが、いいたくはないが、国がもりかえしたのは第二次世界大戦のおかげだった。戦争は職を生む。むちゃくちゃな話だがな。戦後何年もたってアイゼンハワー大統領──いいか、大統領本人も将軍《しょうぐん》だったんだぞ──はこいつを「軍産複合体《ぐんさんふくごうたい》」と呼んだ。これはうそいつわりのない真実だ。いさかいのおかげでもうかるやつがいる。だから、弁護士《べんごし》はあんなに金もちなんだろ？　おまえの父さんもロースクールに行かせようとしたが、聞きやしなかった。音楽は片手《かたて》間《ま》に、趣味《しゅみ》としてやればいいといったが、むだだった。

ユミ、おまえはいま、歴史の授業でなにを勉強してる？　古代メソポタミア？　じゃあ、まだ第二次世界大戦のことはやってないわけか。なに、母さんが話してくれた？　そうか、さすがだな。このころのことはおまえも知っておくべきだ。一九三〇年代のおわりに、ドイツ人がユダヤ人にしていることがしだいにヨーロッパの外にもれつたわるようになった。だが、まさか事実だとはだれも思わなかった。あんなこと、だれが想像できる？　わしはユダヤ人だが、それでも信じなかった。いや、ヨーロッパに親類《しんるい》はいなかった。おふくろはまだおさないころにアメリカにわたってきたんだ。家族はロシアのミンスクの出だった。おやじも同じ出身だ。みんな、帝政《ていせい》ロシアのユダヤ人大虐殺《ポグロム》やなんやかやにうんざりして、アメリカにわたってきたのさ。

パールハーバーがすべてを変えた。一九四一年十二月七日だ。「屈辱《くつじょく》の日として長く記憶にのこる日」そうFDRは表現した。まさしくそのとおりだった。とつぜん、戦争が身近《みぢか》になって、人々はどんどんいらだちをつのらせた。まもなく政府《せいふ》は日系アメリカ人を強制《きょうせい》収容所にいれはじめた。こいつはまちがいなく不名誉《ふめいよ》なことだ。パールハーバーの二か月後、わしは徴《ちょう》兵《へい》された。二十八歳だった。わしがいかにハンサムだったかは話したろ？　ヒッヒッヒッ。それが、いちばんのさかりに軍隊行きだ。ああ、人生で最大のショックだったさ。

基本訓練《きほんくんれん》はニュージャージーの訓練センター、フォートディクスで受けた。それまで近所を走ることすらなかったのに、重たいリュックをしょって十五キロも走らされた。夜になると、枕《まくら》に頭をのせたとたんに意識をうしなったよ。起床《きしょう》のラッパにたたき起こされたときには、まだ二分しか眠ってないような気がした。わしはいつも寝台《しんだい》を出るのが最後だった。「起きろ、利口者《ワイズ・ガイ》」軍曹《ぐんそう》は毎朝わしにどなった。それですばやく反応しなけりゃ、バケツいっぱいの氷をぶっかけられる。まったく！　冷たさで尻《しり》がどれだけひくついたか、おまえにも見せてやりたかったよ！

　みんながわしを利口者《ワイズ・ガイ》と呼んだ。ブルックリン出身で、よくジョークを飛ばしてみんなを笑わせたからさ。おかげでがさつで下品なカンザス野郎《やろう》たちからなんとか身をまもれた。ひそかに数当て賭博《とばく》を仕切ったことも役にたった。小銭《こぜに》もかせげたしな。そうだ、そうだ、ほら、今週のこづかいの一ドルだ。一軒《いっけん》でぜんぶ使うんじゃないぞ。ヒッヒッヒッ。

　さて、新兵訓練所《ブートキャンプ》で半殺しの目にあわせたあと、合衆国政府《アンクル・サム》はわしをどこに送ったと思う？太平洋戦域《パシフィックシアター》だ。なんだか、ジョン・ウェインの西部劇《せいぶげき》でも見に行くみたいだろ？　だが、着いたところはアラスカだった。正確《せいかく》にいえばアリューシャン列島《れっとう》だ。まったくなにもないところにほうりだされたときの気もちが想像できるか？　家もない、人もいない。見わたすかぎり、氷と水と灰色がかった青い空しかなかった。

　緯度《いど》が高すぎて冬はせいぜい三時間しか日がささない。気温が低すぎて涙は目のなかでこおりついちまう。あざやかすぎる色を見ると――リンゴとかスカーフとかな――まぶしくて目がつぶれそうになる。それがアラスカさ。わしは四年そこですごした。将軍たちを車であちこち送るのがおもな仕事だ。そう、おかかえ運転手ってやつだ。どうしていまは運転しないのかって？　免許《めんきょ》をとったことがないからだよ。ニューヨーク市民に車は必要ない。母さんにきいてみるんだな。きっと同じこたえがかえってくる。とにかく、わしは伍長《ごちょう》まで昇進《しょうしん》した。氷とジープの伍長。そいつがわしだった。

そこでの生活でいちばん興奮したのは、イングリッド・バーグマンがひょっこりたずねてきたときだ。あれより美しい女優《じょゆう》にはいまもお目にかからんな。バーグマンがアラスカでなにをしていたのかはだれにもわからない。だが、その日の午前中はずっとわしの運転する車で移動した。そのドライブのおかげで、その後の一年、わしは心も体もあたたかくいられた。うそじゃない。ほんとうに魅力的《みりょくてき》な女だったのさ、イングリッド・バーグマンは。おまえのおばあちゃんのつぎにすばらしい女だ。まて、もうすこし大きな声でいわせてくれ。**おまえのおばあちゃんのつぎにすばらしい女だ！**　これで今晩はステーキが食えるな。

ヘラジカの話をしてくれ？　ああ、あれはへき地で生活するストレスがもとで起きた事件だ。わしらは休みをもらっても行く場所がなかった。週末に飛行機でサンフランシスコに行ってもどってくるなんて当時じゃ考えられん話だからな。それで、キャンプに行くなんてばかげたことを思いつく連中があらわれた。とにかく基地《きち》からはなれたかったのさ。だが、あやうく凍死しちまうところだった。春だったのにだぞ。一日目の真夜中に、わしは小便をがまんできなくなった。それで森にはいったんだが、背後《はいご》でなにかがぶつかる音が聞こえた。仲間のだれかだろうぐらいに思った。トニー・ペロッタっていう名の悪ふざけの好きなやつがいたからな。だが、ズボンのチャックをあげてふりむいたとき、見たことがないほど大きなヘラジカと対面することになった。背は三メートル近くあったぞ！　巨大な鼻の穴からは湯気《ゆげ》が立ちのぼっていた。

わしはかけだした。人生最速のスピードでな！　うしろをふりかえる勇気はなかった。だが、大きな枝角《えだづの》をもつヘラジカが背後を全速力でおっかけてくる音は耳にはいってきていた。そんなばかでかい動物なら速くは走れんと思うだろ？　ところが、そのヘラジカは時速五十キロは出してたはずだ。だから、ユミ、わしはすくなくとも時速五十五キロは出したってことさ！　タイムをとってくれる人間がいるとよかったんだがな。あの瞬間、わしは地球上でいちばん足の速い男になっていたはずだ。うそじゃない。もうこれ以上はもたんと思ったとき、大きな松の木を見つけ、どうやってだかはわからんが、夢中でよじのぼった。ヘラジカはようやく追いかけっこに飽《あ》きがきたらしく、なにかをくちゃくちゃかみながらどこかに行っちまった。体じゅうにささった松葉《まつば》をぬくのに朝までかかった。おまえが聞きたくないような場所にまでささってたからな。ああ、そうだ、いまとなりゃ笑い話さ。だが、あのときは死ぬほどこわかった。

第四章　十一月

　パーティーの一週間後、母さんは荷づくりをはじめた。十二月のおわりにはこの家から引っこすという。ここから数キロはなれたところにあるアパートを学年末までまた借りしたらしい。母さんは最後にもう一度、ロサンゼルスの学校の講師《こうし》の職《しょく》に応募《おうぼ》した。もし、その仕事がきまったら、あたしたちはこのままロサンゼルスにのこる。きまらなかったら、ナパに引っこす。ナパには母さんが買った家があって、いままでずっと人に貸してきた。一年生になる前の夏、あたしたちはそこで暮《く》らしていた。そのときのことはいまでもおぼえてる。引っこした日にあたしがはしごから落ちて、母さんはあたしを緊急《きんきゅう》救命室《きゅうめいしつ》に運びこまなくちゃならなかったから。左足の小指が骨折《こっせつ》していた。いまだにその指はどっかからもってきてくっつけたみたいに曲がっている。だから、見るとかならず、なんの愛着《あいちゃく》もないあの場所のことを思い出す。

　あたしはいまのあたしたちのうちがすごく好き。なのに、もうすぐ出ていかなきゃいけない。

母さんは、ここは借家《しゃくや》で「わたしたちのうち」ではないっていうけど、七年も住んでいたのだ。この家は二階建てのスペイン式の住宅で、プールがあって、太平洋に面した大きな窓がいくつもある。ほぼぜんぶの部屋から海が見える。母さんのクローゼットからも、あたしのあそび部屋からも。家賃《やちん》ははじめはとても良心的な金額だった。それも当然だ。屋根は雨もりがするし、配管《はいかん》は古いし、去年なんか屋根裏《やねうら》にネズミが出た（第三世界の上等な暮らしってとこね、と母さんはジョークを飛ばした）。それでも、ここはあたしがゆいいつ「あたしのうち」と呼んできた場所だ。出ていくなんてできっこない。

泳ぎをおぼえたのもこの家のプールだし、ここからは毎日、海をながめられる。朝はときどき、母さんがあたしを起こしてさけぶ。「イルカよ！」あたしはいそいでバルコニーに走りでて、二十メートルくらい沖を泳ぐイルカの群れをじっと目で追う。豆つぶくらいにしか見えなくなっても催眠術《さいみんじゅつ》にかかったみたいにバルコニーからうごかない。一度、お母さんイルカと赤ちゃんイルカがいっしょにいるのを見たことがある。赤ちゃんイルカはジャンプのしかたを習いはじめたばかりだったんだと思う。だって、数分ごとに空にむかって体をひねりあげていたから。すっごくかわいかった！　夜はいつも、海の音を聞きながら眠りにつく。

こういうことぜんぶ、もうできなくなっちゃうの？　この家に住めなくなったら、サーフィンだって二度とできなくなる。北カリフォルニアでもサーフィンはできるわよって母さんはいうけど、そのあたりは世界でいちばんサメ被害《ひがい》が多いところらしい。じっさい、レッドトライアングルと呼ばれる海域《かいいき》にはえさになる生きものが多いから、ホオジロザメがうようよいるという。その話をすると、母さんの顔は青ざめたけど、それでも、安全な場所はきっとあるといいはった。

母さんはこのごろすべてがストレスに感じられるらしい。自分だけがひどい犠牲《ぎせい》をはらってるのだといわんばかりの態度で、「だれも助けてくれない」とか「あたしはもがき苦しむシングルマザーなのよ」とか「講義《こうぎ》に荷づくりにそうじ！　もう、ぜんぜん執筆《しっぴつ》に集中できない」とか、たえずぶつぶついっている。母さんがこんなにぐちをいっているのを聞くのははじめて。さいきん、〈静寂《せいじゃく》〉や〈禅《ぜん》〉や〈チャイ〉や〈平穏《へいおん》〉って名前のついたハーブティーをよく飲むようになったけど、じつはぜんぶ、健康食品の店にならんでいるときに、だれかにラベルをはりかえられたんだと思う。ほんとうは母さんが飲んでいるのは〈いらいら倍増《ばいぞう》〉って名前のお茶なんだ。

「植えられた場所で花ひらくってことを学ばなきゃ」荷づくりをはじめて三日たったときに、母さんはあたしをまるめこもうとして、いった。

「あたしはもう植えられた場所で花ひらいてるもん」あたしはいいかえした。「ほとんどの植物は植えかえると死んじゃうんだよ」

「注意深くすればだいじょうぶよ」母さんは強い口調《くちょう》でいった。「それに、今回のことは新しい自分を見つけるいいチャンスになるわ」

「いまのあたしじゃどうしてだめなの?」もう限界。ぐっと涙をこらえたら目が痛くなった。

「だめじゃないわよ、ミ・アモール」さっきより声がやさしい。「ただ、視野《しや》をひろげるいい機会よ。なりたい自分になれるわ」

「でも、あたしはいまのあたしが好きなの!」あたしは大声でいった。

部屋にもどってから母さんのいったことを考えてみた。ほんとうは、まったく新しい自分に出会えるかもって考えるとちょっとわくわくする。もちろんべつのあたしかどこかにいるわけじゃないけど。さっそく幾何《きか》のノートのうしろのほうに、新しいユミ・ルイス＝ハーシュの略《りゃく》歴《れき》を書いてみた。母さんの本のカバーの折りかえしに書いてあるのをまねして。こんな感じ。


ユミ・ルイス＝ハーシュは歩きかたより先にサーフィンをおぼえた。そして、地球上でもっとも大きく手ごわいといわれる波の数々にいどんできた。ルイス＝ハーシュ氏はカウワバンガ無限責任会社《むげんせきにんがいしゃ》の公式スポークスマンで、さいきん、本格派《ほんかくは》女性サーファーむけの雑誌『サーファー女子』を創刊《そうかん》した。カリフォルニア大学サンタクルーズ校に進学予定。

ユミ・ルイス＝ハーシュは世界的に有名なブルドッグの訓練士《くんれんし》。この犬種《けんしゅ》は怠惰《たいだ》なことで知られているが、ルイス＝ハーシュ氏は、綱《つな》をわたることや、スリッパをとってくること、トイレを流すことなど、不可能と思える芸当《げいとう》を教えこむことに成功した。新刊『ミリーとわたし』が来年にバウワウ・プレスより出版される。

ユミ・ルイス＝ハーシュはベルリンフィルハーモニーのクラリネット奏者《そうしゃ》。楽団最年少の奏者であり、初の女性団員でもある。また、ニューヨーク、フィラデルフィア、シカゴの各交響楽団《こうきょうがくだん》にもゲストソリストとして参加し、ロンドンの伝説的パンクバンドとも共演している。スペイン語とドイツ語に堪能《たんのう》。

ユミ・ルイス＝ハーシュは四歳でクッキーを焼きはじめる。そして二年生のときには、チョコチップクッキーつめあわせの売りあげがガールスカウト・ロサンゼルス支部のものをこえた。現在、ルイス＝ハーシュ氏は幼少から住んでいる南カリフォルニアの海辺の家で暮らし、自身の起こした大企業〈クッキー・フォー・ヒューマニティ〉の相談役《そうだんやく》をつとめている。

ユミ・ルイス＝ハーシュは作家で映画監督《かんとく》。ルイス＝ハーシュ氏の作品はこれまで世界じゅうの映画祭で上映されてきた。最新作『暗い時間のなかへ《イントゥー・ザ・ダークアワー》』は夜間サーフィンをテーマにしたドキュメンタリー作品で、アカデミー賞にノミネートされた。同作品で十三歳にしてマッカーサー・フェロー賞（別名、天才賞）を獲得《かくとく》。

うん、もう、これでじゅうぶんつたわったと思う。

引っこしのことをヴェロニクに話すと、すっかり動揺《どうよう》して、あたしの部屋のなかをぐるぐる走りまわりはじめた。金曜の夜で、ヴェロニクはうちに泊《と》まりに来ている。

「だめ、ユミ、引っこしなんかぜったいしちゃだめ!」ヴェロニクはさけんだ。二、三周しただけなのにもう息切れしている。「わたしたち、親友でしょ。親友は引っこしたりしない。そんなのありえないわ」

「まだ、百パーセントきまったわけじゃないから。母さんはロサンゼルスの仕事を申しこんでるし、だから、まだこの町にはいられるかも」

「うん……でも、この家が! この完ぺきな家からは出ていくんでしょ。わたしたちの完ぺきな家からは。べつのだれかがここに住むわけ? そんなのゆるさない!」事態《じたい》の重さにたえきれず——もちろん走りまわったせいもある——ヴェロニクはへなへなと床にすわりこんだ。

「もう、いや。こんなこと、信じない!」そういって声をあげて泣きはじめる。

あたしだって泣きたい。でも、なんとかこらえた。「だいじょうぶだよ、心配しなくても。あたしたちはこれからもいつだって親友だよ、なにがあっても」もっと明るくいいたかったけど、そんな気分になれない。あたしは部屋を見まわした。どれだけの昼と夜をここでヴェロニクとすごしたんだろう。笑いころげたり、おたがいの秘密《ひみつ》をうちあけあったりした。ベッドの上にはふたりがいつもいっしょに寝《ね》ているぬいぐるみが仲よくならんでる。

ヴェロニクのぬいぐるみ：ドードーという名の犬。犬だってわからないくらいぼろぼろで、まるで茶色い綿《わた》みたい。頭に赤ちゃん用毛布の残《ざん》がいを巻いている。

あたしのぬいぐるみ：二歳のときに父さんが買ってくれたチェック柄《がら》の牛で、名前はリーナ。ヒロコがなんども継《つ》ぎをあてたり、ぬいなおしたりしてくれてるうちに、もとがどんなだったかわからなくなった。でも、あたしが肉を食べないのはリーナへの敬意《けいい》のしるしでもある。

この家にはあたしの思い出ぜんぶがつまっている。チョコチップクッキーとポピーシードケーキの焼きかたや、フライドポテトをオーブンでつくる方法もここで母さんから教わった。大好きな本はみんなこの家で読んだ。歴代《れきだい》のブルドッグたちともこの居間《いま》であそんだ。インコたちはもう五年あたしの部屋の窓辺で暮らしている。記憶《きおく》にあるクリスマスは毎回ここでお祝いしてきた。このぜんぶが変わっちゃうなんて想像《そうぞう》できない。引っこしたくない。アパートにも、ナパにも、ここじゃない場所にはどこにも行きたくない。

ヴェロニクの大泣きがすすり泣きに変わってきた。おきまりのパターンで、もうすぐお気にいりの話題《わだい》、男の子の話をしはじめるはず。いつも読んでいる、ＩＱの数字より胸のほうが大きいヒロインばかり出てくるロマンス小説のせいだ。でも、ヴェロニクはそういう本を読んでいるとロマンチックな恋愛《れんあい》のことがよくわかるって信じていて、本の内容をもちだして学校のうわさをこまかく分析《ぶんせき》する。ヴェロニクはクインシーと同じコントラバスを演奏《えんそう》しているニック・フランシスコのことが好きで、ジョニー・デップにそっくりだといいはる（ぜんっぜん似てないのに）。

「ねえ、そうだ、聞いて！」あたしはヴェロニクが口をひらく前にいった。「母さんがスポーツクラブでレイアード・ハミルトンを見たの！」

「うっそ！　サインもらったって？」

「ううん。だから、すっごい頭にきてるんだ」

「うちのママなんてだーれも見ないよ」ヴェロニクはほおをふくらませた。「一日じゅう経理《けいり》をしてるなんて最高につまんないと思わない？」

「でも、引っこそうとか恋人つくろうとかはしないでしょ」

「うわっ、そんなの想像もできない！　めちゃくちゃ気もち悪い」

「でしょー。感謝祭《かんしゃさい》にジムが来るの。『ちゃんと彼に親切にしなさいよ』だってさ。ふたりがいちゃいちゃしてるのを見るなんてもう地獄《じごく》だよ。法律《ほうりつ》をつくるべきだね。三十歳以上の者は公衆《こうしゅう》の面前《めんぜん》でいちゃつくべからずって」

「ジムに会ってみたいな。ユミとユミのママにふさわしいか、たしかめたいもん」

「ぜったいやめて。ミリーがもうあいつにやたらとなついてるんだから。あたしの家族をみんなのっとろうとしてるのかも。ヴェロニクまであいつのことを好きになってほしくない！」

「そんなにいやなやつなの？」

「だったらずっとましなんだけど。ほーんとにふつうなんだ。背の高さもふつう。見た目もふつう。ぜんぶふつう。あいつからおもしろおかしい話なんて聞いたことない。母さん、あの男とどうするつもりなんだろう？」

ジムの話をしているとかなしくなってくる。自分がかわいそうだし、父さんもかわいそう。気分を変えるのにビデオを見ようとヴェロニクが提案《ていあん》した。もちろん、ジョニー・デップの映画。四十七回目の『シザーハンズ』を見ているとちゅうで、あたしたちは眠りに落ちた。


感謝祭前の日曜日。オーケストラのメンバーのほとんどがあたしの家にあつまった。家具がへってひろびろした大きな居間が中学生と楽器でぎゅうぎゅうだ。はじめての全体練習は難航《なんこう》中《ちゅう》。まず人数が多すぎ。ぜんぶで五十七人だもん。でも、だれかをはずすなんて考えられない。

一週間前、あたしたちは正式に〈オーケストラを復活《ふっかつ》させよう！〉キャンペーンをはじめた。あたしとクインシーが全活動の共同リーダーにえらばれた。それからみんなで学校や電話で何時間もこの計画について話しあってきた。署名《しょめい》をあつめて、昼休みにト音記号をかたどったクツキーを売って、校長室の外で抗議《こうぎ》デモもした。クインシーは地元のケーブルテレビ局のレポーターにかけあって、放課後にインタビューしに来てもらおうとしたけど、けっきょくうまくいかなかった。

オーケストラが資金《しきん》あつめのコンサートをする、しかもパンクを演奏するといううわさがひろまると、みんなが参加したがった。オーケストラのメンバーじゃない子や、楽器がぜんぜんできない子まで話を聞きに来た。父さんがバンドをやっているという理由で、クインシーがさいしょに練習する二曲をあたしにきめさせてくれた。二、三曲かっこいい曲を演奏できたら、それなりにちゃんとしたコンサートになるかもしれない――すくなくとももの笑いのたねにはならないはず。だから、あたしたちは開催日《かいさいび》のバレンタインデーにむけて猛練習《もうれんしゅう》しているところだった。

でも、みんな、肝心《かんじん》の曲の練習はそっちのけで、本番の衣装《いしょう》のことや、バンクーバーに引っこした打楽器の子のかわりをどうするかでもめはじめた。

「オーケストラとしての品位をすこしは保つためにコンサート用の衣装を着るべきだと思う」ルーシーが主張した。「あそびじゃないんだから」

「ありえない！」クインシーが反対した。「ロゴのはいったポロシャツをみんなで着ようぜ！」

こんどはどんなロゴがいいかでいいあいになった。

「サングラスをかけるだけでいいんじゃない？」カーラが提案した。「安いし、かっこいいし

──」

「──みんな楽譜《がくふ》が読めなくなるし」クインシーが口をはさむ。「いいアイデアかもな！」

玄関《げんかん》のベルが鳴った。ヴェロニクだった。ヴァイオリンケースと紙袋をさげている。「新しい打楽器奏者が必要なんでしょ？」そういうと、袋からおもちゃのマラカスをふたつとりだした。みんな声をあげて笑った。

「みんな、ほら！」あたしは大声でいい、なんとか収拾《しゅうしゅう》をつけようとした。「もう一度さいしよからはじめるよ！」

あたしがえらんだ曲は、ほとんどの子が知らないクラッシュというバンドの「白い暴動《ホワイト・ライオット》」。それから、セックスピストルズの「アナーキー・イン・ザ・UK」。あと、もう一曲、父さんがレゲエの名曲もパンク調にアレンジして演奏したらどうだといったから、ボブ・マーリーの「ワン・ラブ」も追加した。そして三曲を音楽の教授《きょうじゅ》をしているゾーイのおじさんにオーケストラ用にアレンジしてもらった。やりこなせないはずない。これまでもっとずっとむずかしい曲を演奏してきたんだから。でも、すぐに思い知った。曲が単純になればなるほど、演奏はむずかしくなるんだって。

一回目の通し練習はみんなでいっせいに家畜《かちく》を絞《し》めているようだった。ほかにいいあらわしようがない音なのだ。二階にいるインコたちは興奮《こうふん》してかん高い声でずっと鳴いていた。つぎは自分たちが絞められる番だって思ってるみたいに。もしかしたらフレンチホルンとヴィオラはロックを演奏してはいけない楽器なのかも。あたし、なにを考えてたんだろう。

「はいはい、みんな」あたしはプロの指揮者《しきしゃ》みたいに手をたたき、もう一度大声でいった。だれもあたしのいうことを聞いていない。「さいしょっからはじめるよ。いい、今回はアダージョ（ゆっくり）はなしね。いちばん近いのはペザンテ（重々しく）とアレグロ・コン・フォーコ（情熱的に速く）の組みあわせ。いい？　真剣《しんけん》に、すばやく考えて。いっさい妥協《だきょう》なしでね！」イーライがまたチューバでおなら音《おん》を出し（いわゆる得意《とくい》の手ってやつだ）、みんながどっと笑った。

おどろいたことに、クインシーが味方についてくれた。「おまえら、よく聞けよ！　演奏したくないやつはさっさと出ていけ。ユミはまじめにやってるんだ。おまえらのだれがぬけようが、おれたちはコンサートをやるからな」

感謝の笑みをちらっとむけると、イカ少年クインシーもにっと笑いをかえして、コントラバスをかまえた。イーライはクインシーを見て、それからまたあたしのほうを見た。そこに母さんがココアと九十四パーセント脂質《ししつ》カットのポップコーンがのったお盆《ぼん》をもってはいってきた（とりあえず今回は「チコリのマッシュルームのせ」はやめてくれたらしい）。心配なのだ。あたしのことか、近所から警察《けいさつ》に苦情《くじょう》の電話が行くことかどっちかはわからないけど。

おやつをもってきてくれたあと、母さんはすこしえんりょがちに電話をした。三十分後、ちょうどいやけがさして、ギブアップしようとしたところに父さんがあらわれた。全体練習の指揮を引きついだ父さんはまるで鬼軍曹《おにぐんそう》だった。どなり声で命令し、プロみたいにてきぱきと楽器の編成《へんせい》を変えたりした。こんなになにかに集中している父さんを見るのははじめて。ひょっとして鬱《うつ》がなおったの？

「いいか、みんな、よく聞け」最後の通し練習にはいる前に父さんがいった。「こいつは戦争だ。おまえたちをけなしたり、邪険《じゃけん》にあつかったりするやつらに対する戦争だ。『全知の《omniscient》』っていう単語のスペルがちゃんと書けない教師たち、子どもを信用せずに束縛《そくばく》する親たちにしかける戦いだ。ずうずうしくも正しい生きかたなんてもんをおまえらに説《と》く、無知で偏見《へんけん》にまみれた、外国人ぎらいのカスな階級主義者《かいきゅうしゅぎしゃ》どもをたたきのめす戦争だ。やつらぜんぶを説きふせてやるいきおいで演奏しろ。巨人になった気でやれ」

いっしゅん、みんな口をぽかんと開けて父さんを見つめた。なにを思ってるかは想像がつく。あれってほんとにユミのお父さん？　こんなやつ、どこで見つけてきたんだよ？　うちのおやじはどうしてこういうことがいえないんだ？　それから、すばやく八つかぞえて、あたしたちは演奏をはじめた。みんなせいいっぱい演奏していて、まるで大きな風のトンネルの中にいるみたいだった。音もおどろくほどぴったり合わさってる。あたしは火を吹くように情熱的にクラリネットを吹き鳴らした。まわりのみんなもおんなじだった。大型の管楽器《かんがっき》は背なかをそらせて、ベル〔訳註：管楽器のラッパ状の開口部〕を天井にむけている。フルートは目が飛びだしそうになるくらい力をこめて吹いている。ヴァイオリンだって、ここまで一心不乱《いっしんふらん》に弾《ひ》いてる姿《すがた》は見たことがない。

あたしたちは音楽のなかに深くはいりこんでいた。魂《たましい》で演奏していた。

すっごい！　録音していたらよかった。ロック調にテンポを速めて、パンクの味つけをしたボブ・マーリーの「ワン・ラブ」を演奏しおえたときには、みんなショック状態《じょうたい》でぼうっとすわりこんでいた。永遠《えいえん》に感じられる瞬間《しゅんかん》だった。もちろん最高のほうの意味で。それから、それぞれが担当《たんとう》の楽器、クラリネットやファゴットやフレンチホルンやトロンボーンを、弦楽器《げんがっき》は弓をあげて、全身でよろこびを表現した。

あの最高の全体練習のあとだったから、感謝祭はほんとうに最悪に感じられた。じっさい、坂道をころげ落ちるように一週間でいっきに状況《じょうきょう》が悪化した。父さんはまたすぐに鬱状態にもどってしまった。母さんは反対に、感謝祭を完ぺきなものにしようと異常《いじょう》にはりきった。七面鳥《しちめんちょう》の丸焼きのかわりにローストポークをつくるといいだして、みんなに「神を冒《ぼう》とくする行為《こうい》」だって反対された。あたしも反対した。どっちみち肉を食べるつもりはなかったけど。けっきょく母さんは妥協して、七面鳥を豚《ぶた》に見たてて大量のにんにくとクミン、オレガノ、玉ねぎ、ダイダイに三日間つけこんで、キューバ風マリネにした。

母さんはマリネだけじゃなく、黒いんげん豆、ごはん、プランテーン〔訳註：バナナの一種〕のフライ、キャッサバイモのガーリックソースあえ（そう、またにんにく！）、それにアボカドと玉ねぎのサラダもどっさり用意した。軍隊一部隊分、ううん、二部隊分くらいある。これだけ食べたら、たぶんカナダくらい占領《せんりょう》できちゃいそうだ。

それでいま、あたしたちは感謝祭のごちそうをかこんで、おしゃべりをしている。母さんはいつも、だらだらとくだらない世間話《せけんばなし》をするのは大きらいだといっているのに、今日はジムのぜんぜんおもしろくない話に真剣に耳をかたむけていた。テキサスで雹《ひょう》がふったときに車に七十二か所もへこみができたっていう話。ぜんぶのへこみをかぞえたってこと？「テキサスは土地がまっ平《たい》らなものですから、百五十キロ先からむかってくる雷雨が見えるんですよ」ジムは正真正銘《しょうしんしょうめい》のまじめな顔でいった。「カーテンを大きく開けはなち、雨雲が近づいてくるのをじっとながめるわけです。まるで映画でも見ているようですよ」

気象学者《きしょうがくしゃ》のほかにだれがこんな話に興味《きょうみ》をもつ？　そもそも、あんたはオーケストラの指揮者でしょ？　どうして天気のことなんか話すわけ？　それになんで母さんの手をずっとさわってるの？　ああ、もう、いらいらする！

母さんは親友ふたりを招待していた。ジムをチェックしてもらうために。わたしって男を見る目がぜんぜんないでしょう（これって父さんのことも入ってる？）、母さんがそういって、ふたりをさそっているのを聞いちゃったのだ。おとなたちの基準《きじゅん》からいうとジムは合格？　不合格？　もう、そんなの、どうだっていいや。あたしはプランテーンのフライを落とさないようにそーっとフォークにのせた。これ、ジムに投げつけてやったらどうなるかな？　おでこめがけて、バシッ！　油がめがねの上をしたたるところを想像した。ジムのめがねはレンズが色つきで大きい。かなり古そうだけど、すごくレトロでけっこうかっこいい。

　ジムはあたしにプレゼントをもってきていた。クラリネット用のネックストラップで、これがあれば、演奏するときに親指にかかる負担《ふたん》がへる。思いやりのあるプレゼントだってことはみとめる。でも、これってトースターをくれるのと似てない？　役にたつけど、プレゼントとしてもらいたいものじゃない。ぜひもう一度、演奏を聞かせてほしいってジムはいったけど、ぜったいにおことわり。前にうちに来たとき、ジムはあたしの演奏を聞いて、なおしたほうがいいところをひかえめに指摘《してき》した。「息が長くつづく方法を教えるよ」とか、「高い音域《おんいき》でもっと安定した音を出せるように練習するといいね」とか。そんなこと、これまで一度も先生にいわれたことがなかった。そもそも、あんたはあたしの先生じゃないし！　それに、ジムの専門はチェロだ。クラリネットのなにがわかるっていうの？　テキサス青少年交響楽団《ユースシンフォニー》の指揮をしてるからって、たのまれもしないのにアドバイスする権利《けんり》なんてないでしょ！

　母さんは、あたしが〈オーケストラを復活させよう！〉キャンペーンのことでジムに助けを求めたらいいのにってたぶん思ってる。でも、期待するだけむだ。

　今日は父さんも招待されていて、いま、四杯《よんはい》めのワインを飲んでいる。「にんにくのせいで」父さんは同じことをもう十回もいってる。「胃がむかむかする」それから、あたしのほうに顔をよせて小声でいった。「おまえの母さんはおれにいやがらせをしたいがためにこんな料理ばかりならべたんだよ」母さんは父さんのことなんてこれっぽちも頭にないって知ったら、もっと気分を悪くするだろうな。父さんはいきなりグラスをナイフでカチンと鳴らしてみんなの注目をあつめると、ジョークをいいはじめた。

「あるとき、カタツムリのギャングがナマケモノをおそってさいふをぬすんだ」酔《よ》っているせいで、ろれつがちょっとあやしい。「ナマケモノが警察に行くと、署長《しょちょう》がたずねた。『やつらはどうやってあなたをおそったのです?』するとナマケモノはゆっくり首をふった。『知るもんかね。なにしろ、あっというまのできごとだったからな』」父さんはいいおわると、げらげら笑いだした。まるで世界でいちばんおもしろいジョークを聞いたみたいに。

父さん以外はみんな、すごくとまどった顔をしていた。ミリーがおこぼれをもらおうと、みんなの足もとを行ったり来たりしている。父さんがにんにくのにおいがぷんぷんする七面鳥の足をやり、頭をなでると、ミリーはお礼がわりに大きなげっぷをした。

母さんは父さんをきっとにらんだ。それからぱっと笑顔をつくって友だちのナイジェリア人作家サニーのほうをむいた。サニーは体が大きいのに、意外なほどやさしい声をしている。母さんはいつも、彼は天才よという。サニーが少年時代に自分の住む村をおそったイナゴの大群の話をした。イナゴに食いあらされて、村の木が一本のこらず丸はだかになってしまったそうだ。サニーの長い話がおわると、ジムはばつの悪そうな顔をした。車が雹でぼこぼこになったなんて、あまりにばかばかしい話をしたから。母さんのもうひとりの友だちで、ナッツと菜っぱばかり食べているシモーヌは去年アジアをおそった津波《つなみ》の話をした。それ以来、おぼれ死ぬことと、呼吸《こきゅう》をさまたげられることがなによりもこわくなったという。この恐怖《きょうふ》をシモーヌはヨガで克服《こくふく》しつつあるらしい。話題は自然災害のことになった。地震、火山噴火《ふんか》、それから、この秋のハリケーンの数が記録的《きろくてき》に多いこと。地球温暖化《おんだんか》のせいかしら？　南極の氷がとけているから？　やっぱりフロンガスを使った制汗《せいかん》スプレーが元凶《げんきょう》か？

あたしはなにがいちばんこわいかな。死にかたにいいとか悪いとかあるの？　燃えている建物にとじこめられて死ぬのはどっちだろう。乗っているエレベーターが落下するのは？　崖《がけ》からまっさかさまに落ちるのは？　自分がもうすぐ死ぬとわかっているのはこわい？　とつぜん死ぬほうがいい？　あたしはソールのことを考えた。ソールはもうすぐ自分が死ぬことを知っている。どうしてヒマラヤにのぼったり、スペースシャトルに乗って火星に行ったりする計画をたてないんだろう？　でもソールはいつもいう。週に一度、あたしがあそびに来るという大イベントがあるって。それがあるからふんばっていけているんだって。あたしと毎晩の葉巻《はまき》のおかげで生きていられるんだって。

災害話のあと、いっしゅん気まずい沈黙《ちんもく》が流れた。ジムはタイミングをのがさなかった。さっと立ちあがって母さんのグラスに自分のグラスを軽くあてていった。「私の生涯《しょうがい》の恋人、美しい、美しいシルヴィアに乾杯《かんぱい》！」胃がむかむかしてきた。父さんはあたしのようすに気づいて、ぎゅっと手をにぎってきた。まるで「おまえの気もちは痛いほどわかる」っていうみたいに。それからジムはみんなの前でひざまずき、母さんの手をとった（直前に母さんは手についたガーリックソースをあわててぬぐった）。そして、婚約指輪《こんやくゆびわ》がはいった小さなベルベットの箱を母さんにさしだした。「やだ、やめて！　母さん、ことわって、早く！　手おくれになる前に！」大きな声でそうさけびたかったけど、びっくりしすぎて声が出ない。

指輪がだんだん目の前にせまってくるように感じられた。大きなダイヤモンドの指輪で、両側をサファイアが三角にかこんでいる。あんまりきらきらひかっているから、じっと見ていると目がつぶれそうな気がした。日食のときの太陽を見つめてるみたいに。母さんのほうをちらっと見ると、とろけそうな表情をしていて、肌《はだ》は濃《こ》いピンクにそまっていた。とまどいと興奮の両方を感じているみたい。ジムは咳《せき》ばらいをして、結婚してほしいと母さんにいった。ほんとうにストレートにそういった。そしておそろしいことに、母さんは愛情のこもった目でじっとジムを見つめ、はい、とこたえた。

じゃあ、母さんは結婚するんだな？　まさに「人間は希望をすてない」だな。プロポーズの現場《げんば》に父さんがいた？　どんなようすだった？　なんだって？　ナマケモノのジョーク？　聞かせてくれ。ヒッヒッヒッ。よし、おぼえておこう。ユミ、おまえにはなにをいってやればいいのやら。おまえの親はずっとむかしに離婚《りこん》した。わしらにはなんの話もなかった。とつぜんのことだったよ。なにが問題だったのか、ヒロコとふたりで頭をひねった。だが、仲たがいの真の原因なんて他人にはわかるまい。いや、それはないぞ。おまえとはなんの関係もないことだ。

ヒロコが買いものに出てるのはさいわいだ。あいつにはまだなにも話すな。いまはいっぱいいっぱいだろう。ここ、二、三日、わしはどうも体に力がはいらなくてな。新聞を読む以外はずっとベッドで横になっていた。ヒロコは化学療法《りょうほう》を受けろとうるさいが、心臓《しんぞう》がうごいてるかぎり、断固《だんこ》、拒否《きょひ》するといってやった。いいか、わしは九十二歳だ。もう若くない。あのコマーシャルに出てくる年よりどものようにヨーグルトを食べていりゃもっと長生きできたかもしれん。だが、人間は永遠に生きられるもんじゃない。それはあいつらだって同じだ。

おまえの父さんと母さんが結婚したときのことはおぼえてるぞ。ふたりはその年、ハワイで暮らしていたんだ。おまえの母さんはなにかの団体をつくって活動していて、父さんは形だけその仲間にくわわっていた。そこがあいつのだめなところだ。つきあいでなにかをするってのはほめられたことじゃない。ふたりはオアフ島の小さなバンガローに住んでいた。窓からは入り江が見えた。ほんとうは沼地だが、シルヴィアは入り江だといいはってな。だれもあえて否定はしなかった。わかるだろう、母さんの性格は。ふたりはそこで結婚式をあげた。当日はひどいどしゃぶりだったが、ハワイじゃ雨は幸運をまねくといわれてるのさ。

そろそろ、わしの話にもどるとするか。第二次世界大戦がおわって三か月たつと、ナイアガラフォールズで除隊《じょたい》命令を受け、ニューヨークにもどった。そこで日本やフィリピンに遣《や》られていたやつらからいろんな話を聞くようになった。人生はこれからだ、ぜったいにひと花咲かせてやるとわしは考えていた。退役軍人《たいえき》のサロンにいりびたって、ありもしない冒険話《ぼうけんばなし》を吹くだけの人生なんてくそくらえだった。それでかんたんにいうとコインを投げたのさ。おもてが出れば中国に行く。裏が出れば日本に行く。ああ、どっちが出たかはいうまでもないな。

除隊金はぜんぶ東京までの飛行機代で消えた。日本は遠かったぞ。永遠に着かないんじゃないかと思ったぐらいだ。あれほど長く飛行機に乗ったことはない。飛行機はまずサンフランシスコに寄《よ》って、それからホノルルを経由《けいゆ》して、ようやく日本に着いた。町に出たわしは目をうたがったよ。大恐慌《だいきょうこう》どころのさわぎじゃない。日本は瀕死《ひんし》状態だった。広島や長崎には近づきもしなかった。ユミ、そのふたつの都市にアメリカは原爆《げんばく》を落としたんだ。そりゃあ、すさまじい破壊力《はかいりょく》だった。その証拠《しょうこ》に原爆はそれ以来一度も使われちゃいない。

どうにかこうにかわしは横浜港で働き口を見つけた。子どものころにブルックリンの波止場《はとば》を愛していたことは話したろう？　港こそが自分の居場所《いばしょ》だとわしは確信《かくしん》していた。すぐに輸入の仕事をまかされた。車や機械《きかい》部品なんかの、国をふたたびうごかすのに欠かせないものの輸入だ。英語が話せて、おえらいアメリカの業者《ぎょうしゃ》たちとわたりあえる人間が必要だったからだ。ユミ、戦争ってのはつまりはそういうもんなんだ。相手の国をたたきつぶし、立てなおすことで金をもうける。わしもそのころはまずまずの日本語が話せたのさ。

またたくまにわしは港全体をとりしきるまでになった。日本人に必要なものをあたえ、アメリカ人に満足感をあたえることで、わしはたくさんの金を手にした。そのころには日本の文化にもかなりくわしくなっていたから、アメリカと日本、どちらの人間からも好かれ、尊敬《そんけい》された。わしはすべきことをし、約束はかならずまもった。ユミ、できない約束はするな。だが、一度約束したことはかならずまもれ。そうすることで他人はおまえを信用するようになり、おまえも自信をもてるようになるんだ。

そのころ、わしは横浜でいちばん高級なホテルで暮らしていた。わしのまわりにはつねにとりまきがいた。「さようでございます、ハーシュさま。かしこまりました、ハーシュさま。おおせのままに、ハーシュさま」人生ではじめてわしはひとかどの人物になった。白状すれば、わしはその状況に酔っていた。おぼれていたといってもいいかもしれん。だが、大物でいるのは虫けらでいるよりずっと気もちがいいもんだ。わしは二ドルのステーキの勘定《かんじょう》を、百ドル札ではらうのが好きだった。あわてて釣《つ》りをかきあつめに行くウエイターの姿を見るのがおもしろかったのさ。ウエイターにはさいごに二十ドルのチップをくれてやる。するとつぎに店に行ったときには、大臣級の待遇《たいぐう》を受けた。

そういった生活が長くつづいた。日本ですごした十五年はわしの人生の絶頂期《ぜっちょうき》だった。日本は戦争でずたずたにされたが、美しい風景はだれにもうばえなかった。その代表が山だ――ユミ、おまえと富士山にのぼりたかったよ。それに日本ほど春が美しい国はない。日本人は桜《さくら》がそりゃあ好きでな。名所にはかならずかぞえきれないほどの桜が植わってる。

ゆっくりと日本は立ちあがり、ほこりをふりはらい、あらたに第一歩をふみだした――まさにジャズにそういう歌があったろう？　工場は順調《じゅんちょう》にまわりだし、道路がふたたびつくられ、漁師《りょうし》たちは漁に出はじめた。市場《いちば》には野菜やなんかがぎっしりならぶようになった。わしは自分の役目をはたすことによろこびを感じた。日本人は世界でいちばん勤勉《きんべん》だ。うたがうならヒロコを見てみろ。わしはあいつが眠っているのを見たことがないぞ！

あのころにもどれといわれたら、わしはすぐにもどれるぞ。おまえの父さんにもいってることだが、人生を楽しめ、外に出てあそべ。あいつはいったいなにをふさぎこんでるんだ？　運命は他人がつくってくれるもんじゃない。外に出て、自分でうごくしかない。多少のリスクはおそれるな。オースティンはもう四十四歳だ。なのに、淡々《たんたん》とピアノを調律《ちょうりつ》し、ろくでもない連中と音楽をやってるだけだ。やつはいつダンスにくわわるつもりだ？

ときどき、あいつが子どものころに飼《か》っていた亀《かめ》のことを思い出すんだよ。おまえの父さんはその亀が大好きで、アーサーと呼んでいた。だが、アーサーは一日じゅう、水そうの丸太の下にかくれたままだ。オースティンはアーサーの活躍《かつやく》する冒険話を思いついてはわしらに聞かせた。だが、じっさいは亀はなんにもしやしない。「丸太のこぶのような役たたず」ってことばを聞いたことがあるか？　ユミ、わしはおまえには丸太の下にかくれる亀のような人生を送ってほしくない。

おまえはわしとヒロコのなれそめを聞きたがってたな。今日はそいつを話してやろう。あいつはわしの話をうそっぱちだというかもしれんが、どんなできごとにもすくなくともふたつの見かたがあるもんだ。いいか、そうじゃないというやつには耳を貸すな。ヒロコは当時十九歳だった。やせっこけて、農婦《のうふ》のように質素《しっそ》なかっこうをしていたが、わしにはほんとうの美しさがわかった。あいつは横浜のアメリカ海軍基地《きち》の前でそばの屋台《やたい》を出していた。しかも、正面ゲートのまん前でだぞ。一か月、毎日、憲兵《けんぺい》たちに追っぱらわれたが、しつこくもどってきて、そのうち海軍大将《たいしょう》から下っぱの兵士《へいし》まであいつの牛肉いりそばのとりこになったんだ。

当時、日本じゃ大量の牛肉を手にいれられるやつはいなかった。だが、ヒロコはなんとか方法を見つけていた。虫めがねでなけりゃ見えないほど小さなとり肉しかはいってないそばじゃアメリカ人は満足しないことを知っていたのさ。しかも一級品の肉じゃないとだめだってこともな。どうにかしてあいつはそんな肉を手にいれていたんだ。ヒロコは海軍の兵士とは一定の距離《きょり》を保っていた。わしはそのことを好もしく思った。化粧《けしょう》っけがなく、兵士になれなれしくせず、いつもぶかっこうなもんぺをはいていた。愛想《あいそ》はよかったが、客とはけじめをつけてつきあった。任務《にんむ》をさぼっていいよってくるようなバカな男たちなんぞ相手にしなかった。

かんたんにいえば、わしはそのそば売りの女に興味をもった。何週間も遠くから観察《かんさつ》したあとで思いきってそばを食べに行った。いいか、わしはそれまでずっと最高級といわれる場所で食事をしてたんだ。外資系《がいしけい》のホテルや将校《しょうこう》御用達《ごようたし》のクラブなんかでだ。スーツはあつらえたもので、身につけるものはぜんぶ絹《きぬ》だ。ズボン下もだぞ。とにかく最高級のものだけにかこまれた生活だった。だから、ふだんなら屋台のそばなど食うはずもなかった。だが、その女はなにかわしをひきつけるものをもっていた。ひょっとすると手にひかれたのかもしれない。それはわしのおふくろの手のように、小さくてきゃしゃだが力強い手だった。

ヒロコは手ごわい女だった。三か月ろくに話もしてくれなかった。その後も、野球の試合につきあってくれるまで三か月かかった。おまえのおばあちゃんは熱狂《ねっきょう》的な野球ファンだったんだ。たくさんの試合を見ていて、びっくりするような自分なりの野球統計学《とうけいがく》をつくりあげていた。はじめていっしょに野球を見た日、ヒロコは印象的なことをいった。いまでもよくおぼえてるぞ。「ピッチャーの仕事はバッターに後悔《こうかい》させることよ」。いやはや、これほどうまいピッチャーの定義《ていぎ》をわしはいまだに聞いたことがない。

わしは何年かぶりに女を追いかけていた。食事にさそい、花を贈《おく》り、ささやかなプレゼントをわたした。自分でも意外だったが、わしはそうすることを楽しんでいた。正直にいえば、恋に落ちたのさ、ヒロコに。あいつのほうもそうだったろう。わしらを見た人間は、ヒロコは金目当てにわしとつきあっているのだと考えた。だが、誓《ちか》って、そうじゃない。金は関係なかった。でなけりゃ、どうしてあいつはいまでもわしといっしょにいるんだ？　そのうちわしは、ヒロコとのあいだにはどんな子どもができるだろうと考えるようになった。それで自分がヒロコと結婚したがってることに気づいた。そうさ、わしは女の子がほしかったんだ。女は男ほど父親を辛《しん》らつに批評《ひひょう》したりしないからな。だが、わしの夢がかなうまでは時間がかかった。あ、おまえが生まれるまでだ。

第五章　十二月

　クリスマスの一週間前。ここはグアテマラの首都《しゅと》グアテマラシティの高級ホテル。叔母《おば》さんのティア・パロマの養子《ようし》になる、つまり、あたしのただひとりのいとこになる赤ちゃんをむかえに来たのだ。感謝祭《かんしゃさい》のすぐあとのある真夜中にティア・パロマが母さんに電話をかけてきた。「とうとう見つけたわ！」母さんはすぐにコンピュータの前にすわり、養子縁組《えんぐみ》サイトのその子の写真を見た。色黒のまるっこい女の子で、ふたりはすぐにイザベルと名前をつけた。それからはもうイザベルの話でもちきりだった。そして三週間たったいま、あたしたち三人はグアテマラにいて、イザベルをアメリカに連れて帰ろうとしている。赤ちゃんを連れ帰るなんてかんたんなことだって思ってた。ティア・パロマも、書類《しょるい》にサインをしたらすぐにイザベルをわが子にできて、クリスマスはブルックリンですごせると思っていた。でも、なんだかものすごく時間がかかりそう。グアテマラ政府《せいふ》はちょうど養子縁組の規定《きてい》を変えるべきかどうか検討《けんとう》していたところで、結論《けつろん》が出るまで手つづきがすすめられないらしい。

はっきりいって、あたしはいままであんまり赤ちゃんに興味《きょうみ》がなかった。犬のほうがずっとかわいいと思っていた。でも、イザベルのことはどんどん好きになってきてる。グアテマラに着いて今日で四日目だけど、さいしょの二日間は完全に悪夢《あくむ》だった。イザベルは泣いて泣いて泣きつづけた。うんちのにおいがまた強烈《きょうれつ》で、おむつをとりかえるときにはあたしは毎回避《ひ》難《なん》した。冗談《じょうだん》ぬきで毒《どく》ガス級の威力《いりょく》なのだ。母さんはミルクを鉄分とビタミンが多いものに変えたからだといったけど、原因がなんであれ、ものすごい悪臭《あくしゅう》なのにはかわりない。

母さんはすぐにイザベルの世話を全面的に引きうけた。おむつをとりかえ、洗面台でお風呂《ふろ》をつかわせ、タルカムパウダーをはたいて、さっぱりさせてあげた。さっぱりついでに髪《かみ》をぜんぶうしろになであげたら、イザベルは小さなエルヴィス・プレスリーになってしまった。あたしはだんだん赤ちゃんという存在《そんざい》に慣れてきて、イザベルのそばにいることが多くなった。イザベルは生後四か月半で、口も指の爪《つめ》もほんとうにちっちゃい。今日、モーツァルトのコンチェルトをクラリネットで吹いてあげた。すると、イザベルはうれしそうに手足をばたつかせた。そしてもうすぐおわるってところですやすや眠ってしまった。

「こんなにちっちゃくても、演奏《えんそう》のよしあしがわかるのね」母さんは笑った。

母さんは出発前にデジタルビデオカメラを買っていた。でも、機械音痴《きかいおんち》だから、あたしが撮《さつ》影係《えいがかり》を命じられた。ビデオ撮影ってこんなにおもしろかったんだ！　あたしはイザベルとインタビューごっこをした。カメラをまわしながら、イザベルに質問をして、のどを鳴らしたり、ウーウーいったりするのを勝手にこたえとして解釈《かいしゃく》するのだ。たとえばこんなふうに。

あたし：イザベル、アイスはチョコレート派、それともバニラ派？
イザベル：グー、ガーー。
あたし：オーケー、そう、やっぱりアイスはだんぜんバニラよね！　じゃあ、こんどは好きな色を教えてくれるかしら、イザベル？　まだ、とくにない？
イザベル：イーーオーーーー。
あたし：なるほど、グリーンね！

といった感じでいつまでもつづける。あたしがとくに好きなのは、おもしろい角度からイザベルの体を撮《と》ることだ。たとえば、わきの下のアップとか。足の親指もさわるともぞもぞうごくからアップで撮るとおもしろい。ロサンゼルスにもどってもカメラはぜったいあたしがもってるからね！　あたしは母さんにそう宣言した。

あたしたちが泊《と》まっているのは超豪華《ちょうごうか》ホテル。なんといっても、ちゃんとうつるテレビがある。母さんによると、あたしがテレビのある場所で暮《く》らすのは生まれてはじめてらしい。流れてくるのは、出場者がみんなイブニングドレスを着ている、へんてこりんなクイズ番組ばかりだけど、ときどき、スペイン語に吹きかえられた古いアメリカ映画もやっている。ゆうべはイザベルがぐずっているあいだ『アメリカン・グラフィティ』を見た。ロン・ハワードが演《えん》じている役の吹きかえがどういうわけか男らしい低い声で、見ているあいだずっと笑いどおしだった。

ホテルには警備員《けいびいん》が何十人もいた。どうしてなのかきくと、母さんはプランテーション経済でなりたつグアテマラ社会をえんえんと批判《ひはん》しはじめた。お金もちの農園主《のうえんしゅ》たちと軍部が先住民《せんじゅうみん》たちをたくさん殺したこと。内戦《ないせん》で二十万人の命がうしなわれたこと。むじゃきな子どもたちが政府軍とゲリラの争いにまきこまれて死んだこと。学生や労働者階級《ろうどうしゃかいきゅう》の指導者《しどうしゃ》やなんの罪《つみ》もない小作農《こさくのう》の人たち、みんなが命を落としたこと。

母さんはホテルで軍の会議がひらかれていると知って興奮《こうふん》していた。エレベーターのドアがひらいたとたん、ラテンアメリカの将軍《しょうぐん》たちが目の前にずらっと立っていることもあった。そんなときは母さんは口をひらきたくなるのを必死にこらえていた。でも、ときどき、そうできないこともあった。きのうはロビーでアルゼンチンなまりを耳にして、その少佐《しょうさ》だかなんだかのところにつかつかと歩いていき「あなたたちはいったいデサパレシードになにをしたの？」とつめよった。デサパレシードというのは、中南米で軍や政府機関《きかん》によって「行方不明《ゆくえふめい》者《しゃ》」とされた人たちのことだ。少佐は母さんのことを宇宙人を見るような目で見た。

病院に予約した診察《しんさつ》のとき以外は、イザベルをホテルの外に連れだすことは禁止されている。

グアテマラに着いてすぐに、弁護士《べんごし》から養子縁組希望者がまもらなくちゃいけない規則《きそく》がずらっと書いてある書類をわたされた。母さんはあちこちに行きたがっていたけれど、あんまり長い時間、ティア・パロマとイザベルだけをホテルにのこすのは不安だった。だから、きのうは二時間だけ、ダウンタウンの市場《いちば》に行った。母さんはとたんに水を得た魚のように生き生きして通路をどんどん歩きまわり、ほしくないものまで値下《ねさ》げ交渉《こうしょう》した。

母さんの買ったもの…イザベルに着せる綿《めん》のベビー服三着、あざやかな色のテーブルクロス、手描《てが》きのお皿、サラダボール、ジャガーのお面《めん》、ジムのおみやげに南米の男の人が着るシャツの高級なやつを三枚、父さんに安くて青いのを一枚。

あたしの買ったもの…ガムとオレンジソーダ。

早くホテルにもどりたかった。市場は人があふれていて、きたなくて、どこに行っても、生きている動物たちが売られていた。木のかごにいれられているにわとりや子豚《こぶた》や小鳥たちを見るたび、かなしい気もちになった。それに、同い年くらいの子たちやもっと小さい子たち——ほとんどはそこで働いている——にじろじろ見られて気分が落ちつかなかった。母さんは、ほかの国の人たちの生活を自分の目で見ることはあたしにとっていいことだと思っている。そうすれば、自分がどれだけめぐまれているかわかるからって。でも、いまの暮らしに罪悪感《ざいあくかん》をいだかせたいんなら、さいしょっからそんな生活しなければいいのに。それにどうしてあたしたちよりずっと貧しい人たちからあんなにたくさん値切ったりするの？　ほんとうはお金をあげるべきなんじゃない？

母さんが歯のない男の人との値段交渉ゲームに夢中になっているあいだ（交渉相手は男のほうがだんぜん大幅《おおはば》に値切れるのよと母さんはいう）、グアテマラに雪がふるところを想像《そうぞう》していた。けがれのない雪がすべてをおおいかくし、あたり一面白くかがやく。大聖堂《だいせいどう》も、市場も、タクシーも、チリンチリン音がする荷車《にぐるま》を引いてアイスやジュースを売る人たちもみんなまっ白になる。だんだん雪の下にうもれていくグアテマラシティをビデオで撮影したら？　でも、雪がふるのは一時間くらいでいいな。だって、だれにもこごえ死んでほしくない。

日曜日。あたしたちは、養子縁組の手つづきをまっているほかのお母さんたちとプールのまわりにあつまっていた。みんながそれぞれ事情《じじょう》をかかえている。あたしは頭がひらたくて、ずっと宙《ちゅう》を見つめている赤ちゃんをながめていた。その子のお母さんになろうとしているのはニュージャージーで馬の調《ちょう》教師《きょうし》をしている男っぽいおばさんだ。三人兄弟を引きとることにしたのは、レズビアンのカップル。いちばん上の子でもまだ五歳にもなっていないという。母さんは兄弟がはなればなれにならないのはすばらしいことだといった。あたしは生まれあわせについて考えはじめた。世のなかにはほんとうにいろんな家族がいる。たとえば、母さんとティア・パロマ。ふたりは年の差は丸一歳もないし、似ているところもすこしはあるけど、性格はぜんぜんちがう。ふたりが姉妹として生まれてきたのは偶然《ぐうぜん》？　それとも運命？

あたしはティア・パロマが好きだけど、ちょっと神経質《しんけいしつ》すぎるんじゃないかとは思う。それに小学校の校長をしているから、なんでも自分の好きにやることに慣れている。グアテマラ人弁護士は、政府はすぐに養子縁組の許可《きょか》をくれるとかんたんにうけあったけど、いまだになんの進展《しんてん》もない。だからティア・パロマはヒステリーを起こしかけている。母さんとティア・パロマは話しかたがよく似ていて、声もそっくりで、おたがいをひどいブルックリンなまりで「かわいい人」と呼びあう。でも、見た目はぜんぜん似てないし、話す内容もまったくちがう。母さんにはタブーな話題《わだい》はひとつもない。だから、あたしの女の子の友だちは、自分のお母さんにはぜったいきけないようなことを母さんにきく。ティア・パロマは正反対で、いろんなことに敏感《びんかん》だ。世のなかには話題にすべきじゃないことがあるのよっていつもいう。ティア・パロマと母さん、どっちの考えかたがいいのかあたしにはわからない。

おかしな話だけど、あたしはもうイザベルとのあいだにきずなを感じはじめていた。母さんとティア・パロマが養子縁組サイトからえらんだ赤ちゃんだってことは問題じゃない。これからは永遠《えいえん》にあたしたちはいとこどうし。あたしはイザベルの耳にささやいた。あたしがニューヨークの大学にかようようになったら、どこにでも連れていってあげるからね。映画でしょ、セントラルパークの動物園でしょ。タイムズスクエアにも行こうね。いっしょにいて相手になんの気もつかわないでいいってなんてしあわせなんだろう。けんかしてもふたりの関係はこわれたりしないとわかってるっていうのは。いつかイザベルに、こうしていっしょにすごしたときの話をしてあげるのもいいかも。あたしの人生の話も聞かせたいな。ソールがいまあたしに話してくれているみたいに。

イザベルはどんどん体重がふえていき、母さんとティア・パロマはよろこんだ。あたしはおむつの交換《こうかん》をすすんで引きうけるようになった。片手《かたて》でとりかえるのは至難《しなん》のわざだけど（もう片方の手で鼻をつまんでいるから）、母さんが手つだってくれるし、イザベルはあたしを見ると興奮して手足をばたつかせる。イザベルの肌はとってもやわらかい。こんなにやわらかいもの、いままでさわったことない。あたしはイザベルが安心して寝《ね》つけるように牛のぬいぐるみのリーナを貸してあげた。それから、三人で母さん作詞《さくし》作曲《さっきょく》のへんてこな子守唄《こもりうた》をうたった。みんな調子っぱずれだったけど、おかげでまたげらげら笑えた。

あなたが好きなのよ、うんと、たんと、たっぷりね
うんと、たんと、たっぷりね、首にかじりつきたいくらい
好きっていったでしょ、うんと、たんと、たっぷりね
うんと、たんと、たっぷりね、首にかじりつきたいくらい

好きっていったでしょ、うんと、たんと、たっぷりね
まいにち、大好き、まいにち、まいにち、にち、にち、にち

イザベルを寝かしつけたあと、母さんは遠くを見るような目をしてあたしが赤んぼうのころの話をはじめた。「あなたは母乳《ぼにゅう》を飲んでまるまると太ったわ！」母さんはなつかしそうにいった。「発育《はついく》ざかりには、一日八時間もおっぱいを吸ってたの。あのときは牝牛《めうし》の気もちがよくわかった！」

あたしは信じられないというように目をくるっとまわした。でも、だまって母さんの話を聞きつづけた。

「あなたはほんとうにぷくぷくして愛らしかったから、みんなにベビーフードのコマーシャルに出てくる赤ちゃんみたいっていわれた」母さんはつづけた。「ただ、あなた、すっごくこわい目つきでにらむから、みんなとまどっちゃってね。なんとか笑わせようと思ってあごの下をなでたり、ほっぺたをやさしくつまんだり、おもしろい顔をしてみたりするんだけど、あなたの表情はぜんぜん変わらないの。目を細くして、にらみかえすだけ。『ほかになにかやれることあるの？』っていうみたいにね。おばあちゃんまで心配しはじめた。もしかしたら、将来、精神《せいしん》異常《いじょう》の殺人鬼《さつじんき》になるんじゃないかっていうのよ！」

あたしと母さんは声をあげて笑った。この話はもう百回くらい聞いてるけど。でも、自分の

赤んぼうのころの話を聞くとなんとなくしあわせな気もちになる。あたしにも歴史があるんだなって、ちゃんとルーツがあるんだなって思える。いつもは父さんやヒロコ、そしてとくにソールとのきずなを強く感じるけど、やっぱりあたしにはキューバ人の血も流れているんだな。

ホテルの最上階にはインターネットが使えるコンピュータがおいてあったから、ときどき部屋をぬけだして、友だちと連絡をとりあった。あたしがいなくても、みんなの生活はいつもと同じようにつづいてるなんてなんだか変な感じ。あたしはいまぜんぜんちがう国にいるのに、だれもそのことにいっさい興味をしめさない。じぶんのことばかり書いてくる。あたしがみんなのことをすごく知りたがってると思っているのだ。もちろん、どうしてるかは気になるけど。ヴェロニクはホイルボールの直径が五十八センチになったと書いてきた。それから、年が明けたら自閉症のお兄ちゃんが施設《しせつ》にはいることになりそうだという。お父さんとお母さんはあいかわらずしょっちゅうケンカしているらしい。「ときどきね、もうさっさとけりをつけてよって思うの」そうヴェロニクは書いてきた。「けりをつける」というのは離婚《りこん》するってことだ。そうなったらなったでまたべつの問題が出てくるけどね、とはさすがにいえなかった。

たぶん一番のビッグニュースはイカ少年クインシーからの知らせだ。

イカ少年：いま、体じゅう、切り傷《きず》とすり傷だらけなんだよ。

あたし：えっ、どうしたの？
イカ少年：サーフィンはじめたやつがいるって知ってる？
あたし：だれ、だれ？
イカ少年：おれ、らしいよ。
あたし：うそ！
イカ少年：へへへ。ほんと。でも、すっげー、へたくそ。
あたし：まさか！
イカ少年：もう、ボードから落ちまくり！
あたし：じゃあ、これからはいっしょにサーフィンできるってこと？
イカ少年：えっと……うん、教えてくれたら助かる……
あたし：よし、まかせなさい！

やったー！　信じられない。とうとう、サーフィン仲間ができた！　イカのかっこうをしたクインシーがベイストリートで波に乗る姿《すがた》が頭にうかんできて、あたしは声を出して笑った。すごく楽しくなりそう。それから、クインシーはひとりでなんとかオーケストラの全体練習をしきろうとしてくれたらしい。でも、惨敗《ざんぱい》だったという。ラモーンズの「ピンヘッド」という曲でヴァイオリンの子たちが潰滅《かいめつ》したんだそうだ。まだコンサートまで二か月近くあるのが救いだ。

友だちはみんなクインシーはあたしに気があると思っている。でも、あたしにはよくわからない。だってクインシーはいつもただの友だちみたいに話しかけてくるから。あたしのことをとくべつに意識《いしき》している感じはぜんぜんない。それに、あたしたちは三年生のときからおたがいを知っている。だれが好きなのよと女の子たちにきかれると、イカ少年はきまって冗談めかして、「大学にはいるまえの女子には興味なし」という。クインシーはほんとうにおもしろい。たぶん、父さんのつぎにあたしをよく笑わせてくれる。クインシーはなんでもないことをおもしろく表現するのがびっくりするほどうまい。たとえば、食堂《しょくどう》でカップルがピザを食べながらいちゃいちゃしている（昼休みにはうんざりするくらいよく見る光景《こうけい》だ）と「チーズを吸いあってるぜ」といったりする。こんなことを一日に千回くらい思いつくのだ。

だけど、あたしはクインシーといても、イーライやスケートボードをやる男の子たちといるときみたいに胸がどきどきしたりしない。母さんの意見を聞いてみたいけど、話したら、たぶんおおげさに受けとっていろんなことをしつこくきいてくるだろう。それに、クインシーのお母さんもうちの母さんとそっくり同じタイプなのだ。クインシーも長電話は禁じられているし、バスに乗ることもゆるされていない。ショッピングモールをうろつくのもだめだし、テレビを見るのも、モデルガンをもつのも禁止。インターネットも長くは使えない。ほかにもまだいろいろしちゃいけないことがある。クインシーはあたしたちのお母さんは生きわかれたふたごなんじゃないかってうたがってる。
十分後、あたしは父さんとインスタントメッセージのやりとりをはじめた。

あたし：父さん、元気？
父さん：ヤミー！　連絡もらえてうれしいよ。ごきげんいかが？《コモ・エスタ・ウステ》
あたし：なかなかおじょうずなスペイン語で！
父さん：新しいいとこはどうだい？
あたし：もうね、すっごくかわいいんだから。
父さん：うんち関係は？
あたし：それはまあ、あの子も人間だから……
父さん：いい知らせがあるんだ。
あたし：？？？
父さん：こんどの土曜にあの伝説のライブハウス〈ウィスキー・ア・ゴーー・ゴーー〉で演奏することにきまったんだ。どこかのバンドがぬけたらしくて、うちに声がかかったんだよ。
あたし：すっごいじゃない、父さん！
父さん：ビッグチャンスになるかもしれないからな。
あたし：「きみの靴箱《シューボックス》になりたい」はやるの？

父さん：ああ、そのつもりだ。ほかにも新しく二曲書いた。
あたし：タイトルは？
父さん：「史上最悪の大統領《だいとうりょう》」と「カンボジアの思い出」だ。
あたし：わあ、早く聞きたい！
父さん：二曲ともはげしくて、そして……
あたし：おかしい、でしょ？　ソールはどうしてる？
父さん：今日はきのうよりすこしぐあいが悪いが、でもなんとか生きてるよ。おまえがいなくてさびしがってる。ヒロコも、もちろん父さんもな。
あたし：あたしもみんなに会いたい。
父さん：ソールは父さんたちにもむかしの話をしたがるんだ。おんなじことをなんどもなんども聞かされてるよ。
あたし：ソールはだいじょうぶかな？
父さん：心配するな。おまえがもどってくるまでちゃんと生きてるさ。そうだ……母さんはどうしてる？
あたし：豚皮《ポーク》フライ《ラインド》にはまってる。
父さん：？？？
あたし：ほんとにほんとなんだから！

ほんとうにうそじゃない。この二日、健康食へのこだわりがふっ飛んじゃったみたいで、母さんはむしゃむしゃ豚皮フライ――スペイン語でいうとチチャロン――を食べつづけている。豚皮フライって見たことある？　豚の皮だけを素揚《すあ》げしたものだ。気もちが悪いなんてもんじゃない。母さんはほかにもプランテーンのフライや、二度揚げしたいんげん豆や、フライドチキンや目玉焼きなんかを食べている。しかもぜんぶにクリームをつけて。それに、とりつかれたようにジムで体をきたえている。もしかしたらあの軍人たちのだれかを倒《たお》すために筋肉をつけようとしているのかも。それとも、カリフォルニア海岸沖の人食いザメと直接対決しようとしているとか？　母さんは山への旅も計画している。ここでは山じゃなくて「高地」って呼ぶらしいけど。あたしはほんとうはティア・パロマやイザベルといっしょにホテルにのこりたいけど、母さんは引きずってでもあたしを連れていくといっている。

木曜の朝。あたしたちはアティトラン湖行きのバスに乗った。朝早くにあたしが、ソールのことが心配だというと、母さんは「だいじょうぶよ、ソールはわたしたちより長生きするから」といった。なんでそんなのんきなことがいえるの？　母さんはソールのことが好きだけど、あんまり尊敬《そんけい》はしてないみたいだ。たぶん、ソールがずっとヒロコにやしなってもらっているからだと思う。そういうのがだいっきらいなのだ。母さんは父さんよりもずっと多くのお金をかせいでいて、金銭的《きんせんてき》な義務《ぎむ》をはたさない男の人を軽蔑《けいべつ》している。たとえば、あたしのおこづかい。週十ドルのはずがいつのまにか八ドルになっている。母さんは毎週きちんとくれるのに、二ドルしかはらわなくていい父さんがぜんぜんくれないから。父さんはよく冗談めかして「おれはふだつきのふみたおし屋だからな」っていうけど、母さんはちっともおもしろいジョークだと思っていない。

　バスはさびていて、エンジン音がうるさくて、混《こ》んでいる。道がでこぼこだらけで、おしりが痛い。たぶん、脳《のう》みそも影響《えいきょう》を受けていると思う。

「ううっ、これ以上、脳細胞《のうさいぼう》が破壊《はかい》されたらたいへんなことになっちゃう」バスがとくに大きなくぼみの上をとおったあとにあたしはいった。「もし大学進学適性テスト《SAT》でいい点がとれなかったら、母さんのせいだよ」

　母さんは旅行中にあたしが不満をいうのをきらう。母さんにとっては、旅は苦労が多いほどほんものだから。座席のクッションがよくてエアコンつきのバスだっておんなじようにほんものでしょ、とあたしはいった。ほんとうはタクシーだったらもっといいけど。でも、母さんは地元の人たちといっしょに旅をするのが好きなのだ。

「これが旅先の国を知るのにいちばんいい方法なのよ」母さんはがんこにいいはる。「人々のほんとうの暮らしを知ることができるんだから」

　エルサルバドルに行ったときには、横の囲《かこ》いもなにもないトラックの平《たい》らな荷台に乗ってあちこちを見てまわった。ベトナムでは象の背なかに乗って川をわたった(母さんはその楽しいドライブで痛めた首がいまだになおっていない)。ボリビアでは市場で働いている女の人たちにずっとくっついていったおかげで、すごく高いところまでのぼってしまい、鼻血を出すしまつだ。

今日だって同じようなことが起きないとはかぎらない。

湖までは四時間かかる。バスはずっとディーゼルの排気《はいき》をもくもくとはきだしながら走りつづけ、まわりの景色《けしき》はだんだん山ばかりになっていった。母さんはとおりかかった村でオウムやマンゴーの木やふしぎなものを見つけると、いちいち指さしてあたしに教えた。でも、あたしは呼吸《こきゅう》をするだけでせいいっぱいだった。ただ、犬たちの姿だけは目に焼きついた。みんな骨と皮しかないみたいにやせこけていて、えさをさがしてゴミの山をあさっている。空にはきまってコンドルが円をえがいて飛んでいた。こういうのを貴重《きちょう》な異文化体験《いぶんかたいけん》って呼ぶの?

たくさんの人が乗っているのにバスのなかは奇妙《きみょう》なくらいしずかだった。ときどき話し声が聞こえてきても、内容はぜんぜんわからない。このあたりの方言は古代マヤ語がもとになっているのよと母さんがいった。母さんによると、おじいちゃんのお母さん、つまり、あたしのひいおばあちゃんはここの高地の出身らしい。「そのひいおばあちゃんの血があたしたちのなかにも流れているのよ」母さんはにっこりほほ笑みながらいった。世界はひとつ——母さんはまたおきまりのそのことばを心でかみしめているのにちがいない。

午後早くにアティトラン湖に面した町パナハチェルに着いた。押しの強い行商人《ぎょうしょうにん》たちの前をとおりすぎると――母さんは値段交渉がしたくてうずうずしていた――すばらしい景色がひろがっていた。まわりには火山がいくつもそびえていて、湖の水は信じられないほどきれいな青い色をしている。鳥たちが会議かなにかをひらいているみたいに、あちこちから美しいさえずりやかん高い鳴き声が聞こえてくる。湖のおだやかな波を見ていたら、広い海とサーフィンと目にしみる海水が恋しくなった。もしかしてあたし、もうれつなホームシックにかかってる？

あたしたちは湖畔《こはん》のレストランでお昼を食べることにした。

母さんの注文したもの：魚のフライ、プランテーンのフライ、いんげん豆のフライ、サフランライス、ポークタマーレふたつ、ハイビスカスの花をつかった地元の飲みもの。

あたしの注文したもの：コーン・トルティーヤ、ただの白いごはん、オレンジソーダ。

母さんは食べおわるとすぐにボートに乗りたがった。湖の反対岸に嵐雲《あらしぐも》がひろがりはじめていたけれど、あたしたちがいるほうはあたたかくて日も照っていたから、母さんは天気が変わらないほうに賭《か》けた。三十分はげしい値段交渉バトルをくりひろげたすえに、あたしたちは奇跡《エル・ミラグロ》号という名前のおんぼろモーターボートに乗ることになった。奇跡《きせき》でも起きないかぎり水にうかないんじゃないかと思ったけど、ちゃんとうかんだ。船長——と呼んでいいんだろうな、このおじさん——が縄《なわ》につながれた豚一匹とにわとりのはいった木箱をふたつのせてもしずまない。母さんは船長にかみついた。あの運賃《うんちん》で動物といっしょだなんて納得《なっとく》がいかないというのだ。けっきょく船長は数ケッツァル値引きした。

あのバスにずっととじこめられていたから、水の上を移動するのは気もちがよかった。空気はとても清潔《せいけつ》なにおいがして、雨がふったあとのロサンゼルスみたいだった。ただ、ボートのモーター音がうるさくてほかの音がなんにも聞こえない。それにすぐにディーゼルの排気で息が苦しくなった。でも、すこしたつと慣れてきたから、あたしは景色を楽しもうとした。湖畔にならぶ、わらぶき屋根の小屋から細い煙《けむり》が空にのぼっている。うしろをふりかえると、のんびり波にゆられる釣《つ》り舟の上で、漁師《りょうし》さんたちが網《あみ》を投げていた。火山の斜面《しゃめん》には松の木がたくさんはえていて（松が熱帯地方にもあるなんて思ってもみなかった）、見たこともない鳥たちがボートをかすめるように飛んでいく。

正面を見ると、水と空がまじりあって険悪《けんあく》な灰色のかたまりに変わってきていた。母さんはサンティアゴ・アティトランに行きたがっている。そこの市場ですばらしい絵やタペストリーが売られていると聞いたからだ。村はふたつの火山にはさまれているらしい。いままでに火山が噴火《ふんか》したことはあるのかなあ。母さんが船長にきいてくれたけど、船長はただぽかんと母さんの顔を見つめただけだった。風が強まってきて、ボートはすすむのに苦戦《くせん》していたけれど、それでもまだサンティアゴ・アティトランを目ざしていた。とつぜん、豚が目をさまし、鼻をブーブー鳴らしながら、縄を引っぱりはじめた。それを聞いて、にわとりたちがさわぎだし、赤茶の羽がわっと空に舞《ま》いあがって風で飛ばされていった。母さんのほうを見ると、まっすぐ前を見つめている。引きかえすなんてことぜったい考えちゃだめよ、とでもいうように。

胃が重いような感じがした。と、雨つぶがポツ、ポツ、と顔にあたったと思ったとたん、見たこともないほどのはげしい雨がふりはじめた。ロサンゼルスで一年にふる雨の三倍の量がここに集中してふってきたみたい。しかも、いろんな方向からたたきつけてくる。かみなりの音もすごくて鼓膜《こまく》がやぶれそう。火山のてっぺんでいなずまがぴかぴかひかっている。まるで、できの悪いホラー映画のようだ。無知な旅行者が地元の神のいかりを買ってしまうっていう内容の。母さんは舵輪《だりん》のそばで、頭のおかしくなった将軍みたいに立っている。独立戦争で大陸軍を率《ひき》いてデラウェア川をわたったジョージ・ワシントンの姿が頭にうかんだ。といっても、母さんは自分がなにをしているのかさっぱりわかっていないだろうけど。もう、全身ぐしょぐしょ。服は肌《はだ》にぺっとりはりついて、ぬれた紙にくるまっているみたい。

ボートのゆれがどんどんひどくなってきて、船底《ふなぞこ》に水がたまりはじめた。船長があたしにバケツをほうってきたから、あたしは全力で水をくみ出した。でも、豚が目の前をちょろちょろしていてなかなかはかどらない。ちょっと、あたし、えさなんかかくしもってないからね！　これ以上じゃますると、湖につき落とすよ！　あれ、気のせい？　ボートがしずみはじめてる？　雨がいよいよはげしさを増《ま》してきて、うでより先がほとんど見えない。バケツのなかが海草と泡《あわ》でいっぱいになった。どうかこれが岸が近いサインでありますように。母さんが声を出さずに口をうごかした。でも、なんていっているのかはわからない。もしかしてあやまってるの？「ほんとうにごめんなさい、クッキーパイ。ふたりで楽しみたかったたけなの。世界を見たかったのよ。まさか死ぬほどの危険《きけん》な目にあうなんて思ってもみなかったの」そういって母さんがあやまるところを想像したら、ふつふつといかりがわいてきて、水をくみ出すスピードが速くなった。

ソールにさよならもいわずに死ぬなんてぜったいにできない。ここにはあたしたちのことを知っている人はだれもいないし、父さんやソールたち、それにティア・パロマやマイアミのおばあちゃんたちの連絡先もわかる人はいない。もし、ここで死んだら、ニューヨークの大学には行けないから、大きくなったイザベルといろんなところに行くこともできない。このままおぼれ死んで、身元不明の死者になるなんていやだ。このグアテマラの湖があたしたちのお墓《はか》になるなんて。水の墓じゃ名前もきざんでもらえない。あたしたちの死体は岸にうちあげられるかな？　ここにはアマゾン川みたいにピラニアが住んでる？　だとしたら、あたしたちの体は骨になるまで食べつくされちゃうの？

父さんはきっと鬱《うつ》がもっとひどくなるだろう。ソールは――ソールはだれに話のつづきを聞かせればいいの？　まだ半分しか話しおわっていないのに。あとまだ、四十年分の人生の話がのこっているのに。ひょっとすると、新聞か夜のニュースでこの事故のことがつたえられて、そのとき、あたしたちの写真が出るかもしれない。あたしがおぼれ死んだと知ったら、友だちみんなはどんな反応をするだろう。イカ少年はきっと絶望《ぜつぼう》して、ヴェニスの海岸でひとりっきりでサーフィンするにちがいない。ヴェロニクはあたしに敬意《けいい》を表して、記念碑《きねんひ》をつくってくれるだろう。カーラとイーライはあたしをうしなったかなしみをわかちあううちに、けっきょく恋人どうしになってしまうんだ。

母さんはどうしてあたしにこんなひどい仕うちができるの？

へこたれるな、ユミ、ふんばれ！　頭のなかにソールの声が聞こえてきた。どうしてあたしがここにいるってわかったの？　もしかして、もうソールは死んでるってこと？　大きな衝撃《しょうげき》があって、あたしはにわとりたちのはいった木箱にたたきつけられた。ボートが岩かなにかにぶつかったらしい。水がどっと流れこんでくる。「ジャンプ！　ジャンプ！」船長があたしたちにむかってどなった。もしかすると、ほかの英語は知らないのかも。母さんを見ると、あたしをまっすぐ見かえしてうなずいた。母さんがまず飛びこんで、つづいてあたしも飛びこんだ。

水は冷たくて泡だっているけど、塩けがない。ああ、そっか。ここは海じゃなくて湖だったんだっけ。波にもまれて体がさかさまになり、呼吸ができない。きっと五リットルくらい水を飲んだにちがいない。でも、運のいいことに、あたしはサーフィンでなんどもこういう経験《けいけん》をしているから、落ちついて体勢《たいせい》をもどせた。と、そのとき、足が湖の底についた。うそっ！　足がつくの？　地面はやわらかくて、砂のような感触《かんしょく》で気もちいい。うしろをふりかえって母さんの姿をさがすと、岸辺で、浜にうちあげられたアザラシみたいに口から水をはきだしていた。肩からは海草がたれさがっていて、手にはしっかりとハンドバッグをにぎりしめている。「だいじょうぶ、ユミ？」母さんはよろよろとこっちへ歩いてこようとしたけど、砂に足をとられてひっくりかえった。

あたしは母さんの横にすわり、頭を母さんのひざにのせた。鼻と口から水がしたたり落ちる。雨のいきおいはすこし弱まっていて、船長がボートの残《ざん》がいを岸に引っぱってくるのが見えた。にわとりが一羽、水面をかすめながらこっちに飛んでくる。なんだか異様《いよう》な光景。にわとりは岸にたどり着くと、しげみににげこんだ。あの豚とほかのにわとりたちは助からなかったみたい。船長があたしたちにむかってしきりに手をふっている。まだ運賃をとる気でいるのかも。

「母さん？」

「なあに？」母さんはあたしの髪のもつれをきれいにとかしつけようとしている。

母さんの顔を見あげると、マスカラがすじになって流れおちていた。あたしはいった。「家に帰りたい。ソールに会いたい」

おお、ユミ！　おまえの顔が見られてうれしいよ！　さびしくて死んじまうところだったぞ。

だが、おまえを見たとたん元気になった。グアテマラに行って背が高くなったんじゃないか？　いったい、なにを食っていたんだ？　米と豆？　それだけでそんなに大きくなったのか？　ヒッヒッヒッ。信じられんな。おお、すごいお面だな！　おまえがえらんでくれたのか？　ありがとう、わしまで虎《とら》みたいに強くなった気分だ。虎じゃなくてジャガー？　なあに、わしにいわせりゃ、虎もジャガーも同じでっかい猫《ねこ》さ。

　ヒロコもオースティンもわしの話をちっとも聞きたがらん。おまえだけだ、ユミ、聞いてくれるのは。正直いえば、むかしのことを思い出そうとすると頭がくらくらする。まだ、半分もおわっちゃいないのに。きのうはクラムケーキをとりわけてるとちゅうで足の力がぬけて、台所にすわりこんじまった。咳《せき》も止まらなくてな。ヒロコは動転《どうてん》して、あやうく卒中《そっちゅう》を起こすところだった。このところのストレスで、あいつの血圧はとんでもなく高くなってるんだ。

　わしとヒロコの結婚式？　たいしたもんじゃない。わしらふたりとヒロコの両親だけでかんたんにすませ、そのあと、横浜でいちばん高級なステーキハウスに行って食事をした。おまえのおばあちゃんはほんとうに美しかった。息をのむほどの美しさだった。式まぎわにあいつはなけなしの金をはたいて、日本の伝統的な結婚衣装《いしょう》を用意したんだ。さいしょに見たときにはだれだかわからなかったよ。まるで芸者《げいしゃ》みたいだった。新婚旅行には日光の温泉《おんせん》に行った。かなり高級な宿に泊まってな。客ひとりに十人もの世話係がつく。そりゃあ手厚くもてなされた。

　わしらはさいしょの二、三か月はとてもうまく行っていた。結婚後はホテルの部屋をもうすこし広めのスイートルームに変えた。ヒロコはホテルでの生活をたいそう気にいってな。ルームサービスを五分ごとに注文した。従業員《じゅうぎょういん》が銀の皿を運んでくるのを見たかったからだ。メニューにのっているものははじから注文した。前菜《ぜんさい》からデザートのアップルパイまで、なにひとつのこらずな。おかげでヒロコはすこし太った。だが、それでますますきれいになった。あいつはわしの身のまわりのことをなんでもやりたがって、ひげそりまで自分がやるといいはった。それがどんな床屋《とこや》よりもうまかったのさ。だが、そんな生活は長くはつづかなかった。どんなことだってそうだぞ、ユミ。長くつづく保証《ほしょう》などどこにもないんだ。たいがいは必死につづかせる努力をするしかない。

ともかく、しだいにヒロコは一日じゅうホテルにひとりでいることに耐《た》えられなくなっていった。そして、仮住《かりず》まいじゃなく、自分たちの家がほしいといいだした。だから、わしはアパートを借りた。領事館《りょうじかん》やなんかがあつまる界隈《かいわい》にある高級アパートだ。ヒロコは部屋を自分の好みに変えたがった。だから思うとおりにさせてやった。金には糸目をつけなかった。シャンデリアに絹《きぬ》のカーテン、フランスの家具、とにかくなんでもいうとおりのものを買ってやったよ。おまえのおばあちゃんは通りでそばを売る貧《まず》しいむすめだったが、いい趣味《しゅみ》をしていた。最高級のものをそろえてやる、とわしはヒロコにいった。正直いえば、そのころはなんでもおどろくほど安く買えたのさ。だが、それでも、当時としてはかなりの金をつかったよ。

アパートの内装《ないそう》がととのうと、ヒロコはもう一度働きたがった。わしは猛反対《もうはんたい》した。自分の女房《にょうぼう》に横浜のあちこちの通りでそばなど売り歩いてほしくなかったのさ。すると、ヒロコは、それなら手袋や宝石を売るような店で働くといいだした。だが、わしはそれもゆるさなかった。古くさい考えをもった男だったから、女房には働いてほしくなかったんだよ。もちろん、ヒロコは納得《なっとく》しなかった。そのときだ、わしがはじめてヒロコの「無言《むごん》の非難《ひなん》」に苦しめられたのは。わめきちらすよりだんぜんたちが悪い。銃殺隊《じゅうさつたい》に全身ハチの巣《す》にされるほうがずっとましだ。

ユミ、わしは女ってもんがよくわからんよ。いいたいことがあれば、はっきりいえばいいじゃないか。まったくホルモンのせいか知らんが……なに？　わしが性差別主義者《せいさべつしゅぎしゃ》だって？　ヒッヒッヒッ。おまえの母さんはずいぶんしっかりおまえを教育しているようだな。まあ、女のおまえが反発《はんぱつ》をおぼえるのもむりはない。だが、ユミ、こいつは世代の問題だ。わしは新聞を毎日読んで、なんとか時代についていこうとしている。しかし、体にしみついた古いやりかたは、そうかんたんには新しいやりかたにとって代わられはせんのさ。わしのいいたいことがわかるか？　おまえも孫ができて、時代おくれだといわれるようになればわかる。ヒッヒッヒッ、そのころにはおまえはユミばあちゃんだ。ああ、その姿を見たいもんだ。

だが、もちろん、わしとヒロコはふたりで楽しいときもすごした。おまえのおばあちゃんはいまでいうところの「パーティーガール」だった。おまえは笑うが、ほんとうだぞ。ヒロコは上流社会のぜいたくな暮らしにすぐになじみ、めいっぱい楽しんだ。好きにしていいといわれたなら、毎晩、あちこちのナイトクラブにかよったことだろうよ。なにしろ、あいつはまだ二十一歳で、世間《せけん》ってもんをまるで知らなかったんだからな。わしらはよく東京までアメリカのビッグバンドのジャズ演奏を聴きに行った。日本じゃまだ人気が出だしたばかりだった。ベニー・グッドマンを見たのもそのころだ。人々はアメリカのものにはなんでもあこがれた。「長いものにはまかれろ」ってやつだ。ヒロコはなんといってもジルバが最高にうまかった。

わしらは横浜の球場のシーズンチケットを手にいれた。ヒロコはひと試合も欠かさず見に行ったよ。それで好きな選手たちを応援《おうえん》しすぎてよくのどを枯《か》らしたもんさ。野球狂《やきゅうきょう》だったんだよ、おまえのおばあちゃんは。ちょうど競馬《けいば》も再開されはじめたころで、わしは二頭のサラブレッドを買った。レースに勝ちこそしなかったが、それほどできが悪くもなかった。ちゃんと飼《か》い葉《ば》に見あうだけの働きはしてくれた。ときどきふと思うことがある。結婚したてのころにはあんなに大きかったわしらの世界が、どうしてこんなに小さくなっちまったんだろうなってな。

だが、ユミ、変化ってのはさけられないもんだ。そこからにげだそうとしたり、むりに変化を止めようとしたりしても無意味だ。自然の法則なんだからな。この世のものはみんな、長く止まっていたら死んじまうのさ。古い池のようによどんじまう。もちろん、すぐにすべてがいいほうにころがっていくわけじゃない。だが、すべては理由があって起きてるんだ。長い目で見れば、たいてい、いちばんいい結果に落ちつくもんさ。

とはいっても、ほんとうのことをいえば、一九五九年の終わりにはわしをとりまく状況《じょうきょう》は悪いほうにむかっていた。だが、うそいつわりのない真実をおまえにつたえなかったら、わしの話にはなんの意味もなくなる。日本政府はわしが好き勝手にやっていることを知っていたが、ずっと見て見ぬふりをしていた。だが、横浜市長がわしの人生を悲惨《ひさん》なものに変えた。体の小さい臆病《おくびょう》な男で、ヒロコにほれこんでいた。やつはそろそろ虫の好かないガイジン、つまり、わしをいたぶるときだときめたのさ。

日本政府はわしに国外退去《こくがいたいきょ》を命じた。わしは一生日本で暮らしたいと思っていた。横浜はもうわしにとってブルックリン以上のふるさとになっていたからな。だが、わしとヒロコはいいつけどおりに荷物をまとめ、家具をカリフォルニアの倉庫に送った。それから銀行口座をすべて空《から》にし、空港にむかった。飛行機が滑走路《かっそうろ》を走りだすと、おまえのおばあちゃんはわしに体をもたせかけてきてこういった。「わたしたちの赤ちゃんができたわ」

第六章　一月

あたしたちは引っこした。みじめな生活がはじまった。母さんが同じロサンゼルス市内に借りたアパートはほんとうに気がめいるところだった。ふたつある寝室《しんしつ》はもちろん、床という床にほこりっぽいカーペットがしきつめられているし、住んでいるのは年金暮《ねんきんぐ》らしのお年よりばかりだし、台所の設備《せつび》はすごく古めかしい。主寝室のまんなかにはおまるまでおいてあった。母さんとあたしは笑ってジョークをいいながら、おたがいの寝室にそのおまるを押しつけあった。でも、けっきょくは母さんがクローゼットのなかにしまった。母さんによると、ここには有名な哲学者《てつがくしゃ》が住んでいたらしい。そして、その人は母さんがいま寝《ね》ているベッドで死んだのだ！　奥《おく》さんはしがない著作権代理人《ちょさくけんだいりにん》で、いまは東海岸に住んでいるそうだ。とにかく、この家にはすばらしい本がいっぱいあるわよ。そう母さんはいったけど、もちろん、あたしが読みたい本は一冊もない。

あたしの部屋は、ベッドはかたいし、日あたりもよくない。おまけに八時をすぎたら、クラリネットの練習もできない。お年よりの住人たちは寝るのが早いのだ。あんなにすてきな海辺の家から、こんなみすぼらしいアパートに引っこしてくるなんて。

「どうしてここで暮らさなきゃいけないの？」引っこして二日目の夜にあたしは泣きごとをいった。

「いまのわたしのかせぎじゃ、ここにしか住めないのよ」母さんはあっさりいった。

「いつまでここにいなきゃいけないの？」

「いったでしょ。あなたが卒業《そつぎょう》するまでって」

「そのあとは？」

「ミ・アモール、わからないわ。まだ例の講師《こうし》の口の返事がないの」

「テキサスには行かないよね？　もしそうなったら、あたし、父さんと暮らすからね！」また目に涙がうかびそうになったけど、ぐっとこらえた。

「テキサスには行かないわ。ジムがわたしたちのいるカリフォルニアに来てくれるから」

「母さんはロサンゼルスで暮らすのがいやになっただけだって父さんはいってた。だから、とどまろうと思えばとどまれるはずだって」

「あなたのお父さんは――」母さんは一瞬《いっしゅん》かっとしたけど、思いなおして声の調子をやわらげた。「あなたのお父さんはあなたをとっても愛している。それはなにがあってもけっして変わらないわ。わたしたちがどこで暮らすことになってもね」

住む場所が変わっただけじゃなくて、グアテマラからもどってきてから、すべてがこれまでと変わってしまったような気がする。まず、毎晩、へんてこな夢を見るようになった。木のてっぺんから一羽のフクロウが話しかけてくる夢。フクロウはずっとしゃべりつづけているのに、あたしにはところどころしか聞きとれない。「茶色」ってことばがひんぱんに出てきた。それから「火」ってことばも。あたしはもっと聞きとろうとして一生けんめい耳をすますけど、フクロウの声は森のほかの音にかき消されてしまう。これってアティトラン湖でおぼれかけたことと関係してるのかな。母さんはあのときのことを千回くらい人に話している。どんどん話が大きくなっていくから、聞いてててはずかしくなってくる。とくにこっちに同意を求めてくると、どうしていいかわからなくなる。「ねえ、ユミ？」「そうだったわよね、ユミ？」

ついこの前は「難破事故《なんぱじこ》」にあったと話していた。船長はいつのまにか『白鯨《はくげい》』の船長みたいになっていて、にわとりたちは自分たちで木箱をこわし、岸を目ざしてカモメのように飛んでいったことになっていた。母さんがマジックリアリズム〔訳註：写実主義的な方法で超現実的な情景をえがく小説や絵画の様式〕の大ファンだってことがこれでよくわかってもらえたと思う。

ティア・パロマはまだイザベルを連れて帰る許可《きょか》が出ずにグアテマラにいる。もう一か月になるのに。でも、ティア・パロマはイザベルを置いては帰らないとかたく心にきめている。こういうところが母さんにそっくりだと思う。ふたりともほしいものがあると、手にいれるまでぜったいにあきらめない。イザベルに会いたいな。いとこがいることがこんなにいいものだなんて思ってもみなかった。小さいころ、きょうだいがほしいと母さんにしつこくせがんだことがある。いちばんほしかったのはお兄ちゃんだ。母さんはかなしげにほほ笑んで、それはもうむりなのよといった。

友だちがきょうだいげんかをしているのを見ても、けんかできる相手がいていいなと思ってしまう。だって、きょうだいがいたら、地球上にすくなくともひとりはあたしにそっくりな子がいるってことだから。あのハーププロジェクトの写真家でさえ、キューバ人と日本人とロシア系ユダヤ人の血がまじっている人間に会ったのははじめてだといっていた。イザベルは、将来、自分はだれで、どこに属《ぞく》しているって考えるようになるんだろう。茶色い肌《はだ》のグアテマラ生まれの小さな女の子は、せっかちで早口のニューヨークの人たちにちゃんと話を聞いてもらえるかな。そばにいてあげられたらいいのに。イザベルが不安にならないように、ひとりじゃないんだって思えるように。

せまっくるしいアパートから解放されて、父さんのロフトに行くとほっとする。父さんのロフトは改造したピアノ倉庫のなかにある。倉庫の持ち主が、ピアノを毎月無料で調律《ちょうりつ》する条《じょう》件《けん》で父さんに貸してくれているのだ。天井は十メートルくらいの高さがあって、割れた窓ガラスには段ボールがはられている。日が暮れると、夜が押しよせてくるような気がして背なかがぞくっとするときがあるけど、かっこいいし、ロックを演奏《えんそう》するには理想的な場所だ。それに父さんはあまり形式にこだわらない。関心があるのは音楽と映画と本だけ。この三つはここにはいくらでもあるから、あたしは退屈《たいくつ》せずにすむ。

今日はまた父さんがベースを教えてくれた。クラリネットを吹いたあとでは、エレキのベースはかんたんに感じる。楽譜《がくふ》を読まなくてもいいくらいだ。父さんは楽譜の読みかたを知らない。曲はぜんぶ耳でおぼえちゃうから。そもそもパンクは曲はあんまりむずかしくない。ただ、パンクの精神《せいしん》や気迫《きはく》は、おぼえたりまねしたりできるものじゃない。それがラモーンズやセックスピストルズやデッドケネディーズみたいに、人々に衝撃《しょうげき》をあたえてきたバンドと、形だけで、なんの感動もあたえない、その他おおぜいのバンドとの大きな差だ。「口で説明するのはむずかしいが、聴けばわかるんだよ、そのちがいが」と父さんはいつもいう。このことにかんしては父さんは自分の考えにぜったいの自信をもっている。練習の最後にあたしたちは「きみの靴箱《シューボックス》になりたい」を通しで演奏してみた。父さんがギターで、あたしがベース。とびきりのできばえだった。ミリーはすぐにあたしのベッドの下ににげこんじゃったけど。

今夜は、父さんのバンド〈アルマゲドン〉のメンバーが練習しに来る。父さんは緊急《きんきゅう》にはいった調律の仕事から帰るとぐったりしていた。空港近くのカトリックの大学でスタインウェイのグランドピアノを調律してきたという。「作業《さぎょう》しているあいだじゅう、頭のイカれた尼《あま》さんがそばであれこれケチをつけてきてな」そう父さんはぼやいた。でも、バンドの練習はしないわけにはいかなかった。今週末、父さんたちはまた〈ウイスキー・ア・ゴーゴー〉で演奏するのだ。今月の終わりにはあのハリウッドのライブハウス〈ニッティングファクトリー〉でひらかれるバンドバトルにも出る。アルマゲドンはおどろくほど息の長い活動をつづけている。父さんはもう何年もこのバンドにいて、そのあいだに何回かレコード会社との契約《けいやく》の話がもちあがったこともあったのだけど、どういうわけか、いつも、とちゅうでだめになってしまう。

ことわられつづけることにいやけがさして、アルマゲドンは去年とうとうＣＤを自主制作《じしゅせいさく》した。母さんは十枚買って、友だちへのクリスマスプレゼントにした。だれもありがとうっていってくれなかったわと母さんは冗談《じょうだん》めかしていったけど、バンドの演奏じたいはそれほど悪くない。スピード感があって、息もぴったり合っている。問題なのはリードボーカルだ。こんなひどいボーカルっていないと思う。ぶさいくで、汗っかきで、目つきがいやらしくてだらしがない（ぜんぶ母さんのことばだ）。そして、いつも、パンクバンドには似あわない地味《じみ》な三つぞろいのスーツを着ている。しかも歌はへただし。でも、このボーカルのダニーが資金《しきん》を出してくれているから、アルマゲドンは活動できている。

九時ごろになってみんながあつまってきた。あたしは全員とハイタッチをして、全員から髪《かみ》をくしゃくしゃになでられ、調子はどうだときかれた。あたしはバンドのマスコットみたいな存在《そんざい》なのだ。幸運を運んできたりはしてないけど。バックボーカルのルビーはあたしをすごくかわいがってくれていて、いつもファッションやお化粧《けしょう》のアドバイスをしてくれる。ルビーの声は低くてがらがらしているけど、軽《かろ》やかでリズミカル。七年生のときに一度、ルビーがセクシーな服を貸してくれたことがあった。そして、それを着て学校に行ったら、三十分後には母さんが校長室に呼びだされて、いっしょに家に帰らされた。これが原因で父さんと母さんはもうれつなけんかをくりひろげた。

バンドはまず父さんの新曲の練習からはじめた。「きみの靴箱《シューボックス》になりたい」はテンポが速くて、攻撃的《こうげきてき》な曲調《きょくちょう》にアレンジされていた。詞《し》を書くのに協力したから、アルバムを出すときにはあたしの名前を作詞者《さくししゃ》としてのせるとダニーは約束してくれた。さいきん、父さんは「極《ごく》上《じょう》の孤独《こどく》」という題の曲を新しくつくっていた。奥さんににげられて炭酸飲料依存症《たんさんいんりょういぞんしょう》にかかった男が、プードルをドッグショーに出すことを生きがいにするようになったという歌だ。屈《くっ》辱《じょく》とむくわれない愛は、父さんの曲づくりの永遠《えいえん》のテーマだ。バンドは「極上の孤独」を力強いカントリー・パンクのスタイルで演奏した。

おまえがおれを捨てたとき、おれには行き場がなかった
だが、プードルたちはショーで一番になりたいとせがんだ
どうしておれにノーといえる？
どうしておれにノーといえる？

おまえはおれを極上の孤独のなかにおきざりにした
プードルの毛が舞《ま》い、炭酸の空《あ》きびんがころがる孤独のなかに
おまえはおれを極上の孤独のなかにおきざりにした
おれの生きざまは恥《は》ずべき罪《つみ》だ

「なあ、もっと明るい歌詞にできないのかよ。気がめいってくるぜ」リズムギターのフレッドがもんくをいった。

「しかたないだろ、おれの人生は気がめいることだらけなんだ。救いはここにいるユミだけさ」父さんはいいかえした。「ほかの人生は語れないね」。父さんは前にいっていたことがある。愛のうたいかたは百万通りあるけれど、たとえ運がよくても、ひとりの人間はひとつの愛しか生きられないって。

「おきまりの話はもううんざりなんだよ」フレッドはすこしうしろにさがり、タバコに火をつけた。そして、吸いこんだ煙《けむり》を天井にむかってふわっとはきだした。

「いい曲ができるんなら、気がめいる人生だって生きる価値はあるだろ」ダニーがいった。

「おれたちはなんのために音楽をやってるんだ？　生きてるって実感《じっかん》するためにやってるんだろ！」そういうとダニーはこぶしを宙《ちゅう》につきだした。

自分だけが目立とうとするのをやめたら、ダニーのいうことはもっとずっと説得力《せっとくりょく》が増《ま》す

と思う。ダニーはとにかくいつでも注目されていないといやなのだ。だから、うたうときは、飲みこみそうないきおいでマイクにかじりついている。

「あんたはどうしたいの、フレッド？　『ギャルはただ楽しみたいだけ』って歌でもうたう？」ルビーが割ってはいった。口紅をぬろうと小さい鏡をのぞきこんでいる。「気がめいるにきまってるじゃない。いまの世のなか、気がめいることしかないんだから。でしょ？」

「ふん、オースティンは『きみの靴箱《シユーボックス》になりたい』がどのラジオ局にも流してもらえないから、くさってるだけなんだよ」フレッドはいやみったらしくいった。「なんだ、ことわられたんだよ、オースティン？　二十回か？　五十回か？　ひょっとすると百回か？」

「いいかげん、だまれよ」父さんはフレッドをにらみつけた。もしかして泣いちゃう？　あたしは心配したけど、父さんは泣かなかった。「おれのおやじそっくりだな」

父さんがそんなふうにソールのことを話すのを聞くと胸が痛くなる。ソールは父さんのことが心配なだけだ。父さんにはしあわせになってほしいといつも願ってる。だけど、ふたりともすごく不器用だから、思っていることが相手にちゃんとつたわらない。父さんはソールは自分に関心がないと思っている。でも、そんなわけない。もし、どうでもよかったら、子どもだった父さんのめんどうを見るためにずっと家にいたりはしなかったはずだ。ふたりともがんこすぎるってときどき思う。だから、仲よくできないんだって。

すこしたって、あたしは倉庫の反対のはしに行って宿題をやりはじめた。でも、なかなか集中できなかったから、窓から夜の空をながめた。見わたすかぎりの暗黒《あんこく》――父さんはよくそういってた。ロサンゼルスでは星はあんまり見えない。空気がよごれているから。だけど、見えない星がそこにあるのを想像《そうぞう》するのはけっこう楽しい。でも、ふしぎ。いま、この空に見えている星が、もしかするともう存在していないかもしれないなんて。星は地球から何光年《なんこうねん》もはなれているところにあるから、光が地球にとどくころにはもう燃えつきているかもしれないのだ。でも月はべつだ。月は大きくて、つやつやしていて黄色い。それに今日はまんまるに近い。月は空いちばんの目立ちたがり屋だ。ダニーが天体になれるとしたら、まちがいなく月になるだろう。

前の通りの角に酒屋があって、赤いネオンサインがひと晩じゅうチカチカひかっている。電気のジーッて音があたしのベッドにまで聞こえてくる。男の人がひとり店から出てきて、ものすごいいきおいで笑いはじめた。全身の力を使いはたしちゃうんじゃないかって思うくらいのいきおいだ。男の人は駐車場《ちゅうしゃじょう》にとめてあった、ホイールキャップやミラーが金色にぬられたキャディラックに乗りこみ、行ってしまった。駐車場はもうからっぽだ。そのむこうにはモーテルがある。眠れないときは何時間でも、そこに出はいりする人たちをながめている。父さんは朝の五時まで起きているから、安心して見張っていられる。

父さんは朝になるとすこし仮眠《かみん》して、あたしを学校に送ったあとでまたお昼まで眠る。あたしは今日はつかれていたから、十一時ごろにはベッドにはいった。明日は早く起きなきゃいけない。ベイストリートでクインシーにサーフィンを教える約束をしているから。このロフトから海岸までは四ブロックしかはなれていない。だから、潮《しお》のかおりがここまでただよってくる。暴風雨《ぼうふうう》のあとは海に流れこむ下水のにおいまでする。あたしはずっと指で十字をつくってお祈《いの》りをしていた。どうか朝まで雨がふりませんように！　いまのところ、ふっていない。さあ、早く寝よう。おやすみ、おやすみ！

翌朝《よくあさ》。寒くて、空はどんよりとくもっていた。あたしは自転車で海岸にむかった。左うでにサーフボードをかかえて、なんとかバランスを保ちながらペダルをこいだ。まだ五時半だけど、目はぱっちりさめている。ヴェニスの海岸はしずかだった。ホームレスの人たちが生ごみの山をあさっている。お目当ては、ゆうべ、近くのレストランがすてた客の食べのこしなんだろう。クインシーはボードウォークでまっていた。ウエットスーツ姿《すがた》で準備万端《じゅんびばんたん》だ。まるで巨大なオットセイみたい。防水うで時計をつけたオットセイはあたしを見るとにっと笑った。あたしもにっと笑いかえした。クインシーは誕生日《たんじょうび》にもらったお金をぜんぶはたいて、アンダーソンの中古のロングボードを買っていた。すごくかっこいいボードだ。クインシーとふたりっきりってなんだかへんな感じ。いつもはオーケストラ仲間とかほかの友だちもいっしょだから。ちょっとどきどきしちゃう。といっても、緊張《きんちょう》してるわけじゃなくて、胸がわくわくする感じ。

「よーし、波をつかまえに行こうぜ！」クインシーは大声でいうと、全速力で浜辺を走りだした。近くで寝ていたカモメたちがおどろいてバタバタ空に飛びたった。キーキー鳴きながらクインシーの頭上を輪をえがいて飛んでいる。ヒッチコックの『鳥』のワンシーンみたい。はじめていっしょにサーフィンをするのに、クインシーがカモメにおそわれて死んじゃったら？

「にげてー！」あたしはさけぶと、クインシーを追いかけて海にむかった。ちょうどいいぐあいの波だ。小さいけど、くずれやすい。これなら、クインシーの前であんまりかっこ悪い姿をさらさなくてすむはず。あたしはいままでプロのサーファーみたいにサーフィンの魅力《みりょく》をみんなに力説《りきせつ》してきた。サーフィンをやる子がいなかったから、なんとでもいえたのだ。ちょっと調子にのって大げさに話しすぎていたと思う。こういうところはやっぱり母さんに似たんだろう。

クインシーとあたしは同時に海に飛びこむと、ボードの上に腹《はら》ばいになって波に乗れる深さまでパドリングしていった。波うちぎわは海草がたくさん浮《う》いていて、体にまとわりついてきてなかなか思うようにすすめなかった。じゅうぶん沖まで来たときには、あたしたちはホラー映画に出てくる、沼に住む半魚人《はんぎょじん》みたいな姿になっていた。

「で、沼ガール、これからどうするの？」クインシーがまた、にっと笑った。口が裂《さ》けちゃうんじゃないかってくらいの大きな笑み。

「あたしがやるとおりにやって」あたしは声を出して笑うと、浜辺のほうをむくようにボードを回転させた。それから、いい波が来たときにどうやってボードの上で体を起こすかをクインシーに説明した。「体は浜辺のほうにむけていつでも波に乗れるようにかまえたまま、顔だけうしろにむけて波を観察《かんさつ》するの。それで、いい波が来たら全力でパドリングして、すばやくボードの上に立つの」

すぐにいい波がたてつづけに来た。クインシーは、パドリングは力強くて速かったけど、ボードに立とうとするとバランスをくずして、毎回、うしろにたおれてしまう。重心《じゅうしん》を低くして、前かがみで立ってといってもだめだった。どうやっても、ちゃんと立てないのだ。

「先にお手本を見せてよ」クインシーはにっこり笑っていった。

オーケー。ショーのはじまり、はじまり。あたしの名誉《めいよ》がこの一回にかかってる。あたしはオアフ島のノースショアーでひらかれる世界大会の女子部門に出場しているところを思いうかべた。すぐとなりには世界のトップサーファー、レイン・ビーチリーとケアラ・ケネリーがいる。あたしは覚悟《かくご》をきめ、波をとらえるとボードに立ちあがった。すると、魔法《まほう》をつかったみたいに、つぎからつぎへとボードの下を波がとおりすぎていき、あたしはななめにつっきるようにして浜辺にむかって波の上をすべっていった。まるで、サーフィンをするために生まれてきたかのように、自然に波に乗っていた。なるべくなにも考えないようにした。いいことが起きてるときは、ただそれを楽しみなさいって、母さんがいつもいってるから。宇宙がくれた贈《おく》りものなんだからって。

「ヤッホー！　いいぞ、行け、ユミ！」クインシーがさけんだ。心からよろこんでくれてるんだ。あたしのために。こういうとき、ふつう男の子たちは対抗心《たいこうしん》をもつし、女の子たちは嫉妬《しっと》をいだく。でも、クインシーはあたしとおんなじくらい興奮《こうふん》している。この瞬間《しゅんかん》をビデオカメラで撮《と》っていればなあ。きっとだれも信じてくれないだろうから。あたしだって信じられないもん！

しばらくのあいだ波が落ちついて海がしずかになった。あたしはクインシーのいるところまでパドリングして行った。クインシーはボードの上にすわって拍手《はくしゅ》をしていた。まるで、あたしがすばらしい演奏を終えたかのように。そして、スタンディングオベーションをしようとして、またバランスをくずし、ボードから落ちた。起きあがったクインシーは口から水をピューッとはきだした。

「すごいよ、ユミ」クインシーはさっきより落ちついた声でいった。

「クインシーが幸運を運んできてくれたんだよ」あたしはいった。「だって、いままでこんなにうまくできたことなかったもん」

「よくいうよ」

「ほんとだってば！」

「それってどういう意味かわかる？」クインシーはさぐるように目を細めてあたしを見た。

「意味？」

「おれはこれから毎日きみとサーフィンしなきゃいけないってことじゃん、サーファークイーン」

「サーファークイーン――うん、なかなかいいひびきね」あたしは笑った。

あたしたちは砂浜を目ざしてパドリングした。体にまとわりついた海草はもうほとんどとれていたから、波うちぎわに来ると、また半魚人になってしまわないように立ちあがってボードを引きずって歩いた。砂浜につくと、クインシーはたおれるようにしてあおむけに寝ころがり、朝の空をまっすぐ見あげた。綿菓子《わたがし》の切れはしみたいな雲がまっ青《さお》な空にうかんでいる。あたしも寝ころがった。クインシーにあまり近づきすぎないように、でもちゃんと声が聞こえるところに。砂はしめっていて、頭のうしろがこすれて痛い。足ものすごくかゆい。

あたしがオーケストラのことを話そうとすると、クインシーがシーッというように口に指をあてた。「仕事とプライベートはきちんとわけたいたちなんだ」クインシーは冗談めかしていった。それから、とつぜんまじめな口調《くちょう》になった。「ユミ、じつはおれずっと考えてたんだけど……」

「うん……」

「金曜のダンスパーティー、おれといっしょに行ってくれないかな」クインシーはきゅうに早口になって、いった。早口すぎて、最後のほうはろれつがまわってなかった。それからクインシーは深呼吸《しんこきゅう》をした。「ダンスパーティーぐらいで大さわぎするなんておかしいよな」

すぐにことばが出てこなかった。頭にイーライの顔がうかんできて、あわててかき消した。

すると、こんどは「きみの靴箱《シューボックス》になりたい」の歌詞が聞こえてきて、頭のなかがごちゃごちゃになった。クインシーがいっているダンスパーティーというのは〈おどりくるおう真冬のダンスパーティー〉のことだ。そして、あたしはおどろいたことに――クインシーもおどろいていた――こう口にしていた。「うん、いいよ」

学校に行くと、午前中はずっと、大きな秘密《ひみつ》をかかえているみたいに落ちつかなかった。どうしてあたしはクインシーとダンスパーティーに行くことをだれにも話さないんだろう。自分でもわからない。どうせすぐにみんなにはわかっちゃうことだけど、もうちょっとだけ自分のなかにしまっておきたいのかもしれない。今日は水曜日で、昼休みになると中庭はうわさ話でもちきりだった。この日の大きな話題《わだい》の第二位は、オーケストラをおそった最新の悲劇《ひげき》だった。ヴァイオリンのほとんどが、オーケストラをぬけて自分たちだけでアンサンブルを組んだのだ。リーダーはソーニャ・グティエレス。ソーニャたちは、あたしたちが大衆《たいしゅう》文化に魂《たましい》を売ったと責《せ》め、オーケストラは断固《だんこ》クラシック音楽をやりつづけるべきだと主張した。さらに悪いことに、ソーニャたちはほかの弦楽器《げんがっき》も仲間に引きいれようとしていた。さいわい、チェロとコントラバスはいまのところあっちになびいてはいないけれど、予想どおり、ヴィオラはどっちつかずの態度をとっている。でもヴァイオリンがいないオーケストラなんて考えられる？　あたしとクインシーはみんなを引きとめるために、今日はあちこち飛びまわらないといけない。

コンサートの日どりはバレンタインデーのままだし、チケット係は、五百枚のチケットをすでに印刷屋さんに注文している。このところ週末はいつも全体練習をしているし。それなのに、いまになってソーニャたちはどうしてこんなことができるの？　あんまりじゃない！

でも、今日の話題の第一位はオーケストラとはぜんぜん関係のないこと、〈おどりくるおう真冬のダンスパーティー〉のことだった。だれがだれと行くのか、だれがだれにことわられたのか、だれがなにを着ていくのか、だれの親がお目つけ役になるのか。保護観察官《ほごかんさつかん》をしているイーライのお母さんがお目つけ役の保護者たちの代表になったとわかったとき、あたしたちはみんな不満と落胆《らくたん》の声をあげた。たぶん手錠《てじょう》と警棒《けいぼう》をもって現れるんだろう。パーティー二日前の今日は、ダンスの相手をさそう最後のチャンスだ。前日になると、申しこむほうも受けるほうも「やけ」だととられかねないから、なんとしても今日じゅうに相手を見つけなきゃいけない。

カーラはさっきからずっと葉の落ちたバラのしげみの近くでイーライにしなだれかからんばかりにくっついている。ダンスにさそわれるのをまっているのだ。だけど、いまのところ、その気配《けはい》はまったくない。ほとんどの男の子たちは、パーティーにはひとりで行くとはじめからいいきっている。そのほうがかっこいいと思っているんだろう。でも、ほんとうは、だれを好きなのかみんなに知られるのがこわいだけだと思う。クインシーはトルティーヤチップスとワカモレソースを買うために長い長い列にならんでいる。数学の授業中、ずっとクインシーはあたしのほうをちらちら見ていた。なんだかあたしたち、とつぜんおたがいのことをすごく意識《いしき》するようになっちゃったみたい。

イーライがイカの吸盤《きゅうばん》みたいにひっついてくるカーラからのがれるようにしてこっちに歩いてきた。手にはグミの袋をもっている。危険《きけん》信号が点滅《てんめつ》したのか、カーラがバラのしげみのそばからあたしをこわい目でにらんでいる。

「食べる？」イーライがきいてきた。

「オレンジある？」

これはあたしとイーライがよくかわすジョーク。イーライはオレンジグミがだいっきらいなのだ。

「残念《ざんねん》だけど」イーライはほほ笑んだ。

「じゃあ、べつのでいいわ」あたしは恩着《おんき》せがましい口調でいった。

「そういえば、きみのお母さん、あの講師の仕事きまったの？」

「ああ、あれはあんまり当てにしてないから」あたしはグミをくちゃくちゃかみながら、笑いだした。

「おれは当てにしてるんだけどな」

「え？」

「だってさ、ユミのお母さんのせいで、おれの長期的計画がだいなしになるかもしれないんだから」

「それはたいへん！」

「あのさあ、ジョークじゃないんだぜ。おれさ……高校の卒業パーティーにはユミをさそうってきめてたんだ」

「高校って、いまから四年も先の話をしてるの？」あたしは一生けんめい笑いをこらえようとした。

「そうだよ」そういうとイーライは風のむきを調べるみたいに指を一本立てて見せた。「けど、そのときはユミはここにはいないかもしれないだろ……だから……おれ……えっと……できれば……」

だめ、やめて！

「だから……その……今週のパーティーにおれといっしょに行ってくれないか？」

イーライの声は女の子みたいにうらがえっていた。それからイーライはうつむき、グミののこりをぜんぶスニーカーの上にばらまいてしまった。あたしはパニックにおちいった。ほら、早く考えなきゃ、早く！　オーケーしちゃだめ。でも、傷《きず》つけてもだめ。これがビデオだったらいいのに。そうしたらさいしょまで巻きもどせる。一時停止《ていし》のボタンを押してもいい。そのあいだになにをしたらいいか考えられる。だけど、すべてがあまりに速いスピードで起きた。そのいつのまにか、カーラが目の前に来ていた。うしろにはふたり分のトルティーヤチップスとワカモレソースをもったクインシーも立っている。

「よぅ、いったい、どうした、おふたりさん」クインシーがわざとへたなラッパーのまねをしていった。

「いま、ユミをダンスパーティーにさそってたんだ」

イーライがいうと、カーラはわっと泣きだし、友だちにこのニュースを知らせに駆《か》けていった。

クインシーは口をぽかんと開けている。かみかけのチップスが見えるくらい大きな口だ。

「だけど、ユミはもうおれと行く約束してるぞ。なあ、ユミ？」

イーライは事情《じじょう》がのみこめないというように、クインシーを見て、それから、あたしを見た。あたしは顔があつくなった。口をひらいたけど、ことばがぜんぜん出てこない。イーライの顔からはすぐにおどろきの表情が消えた。そして「べつにいいけど」というように肩をすくめた。クインシーのほほ笑みは不信の表情に変わった。クインシーはあたしをにらんだ。ひたいに穴があくんじゃないかって思うくらい長くにらみつづけた。それから、なにもいわず、大またで歩いていってしまった。どうしたらいいの？　あたしはなにもいえないまま、ひとり立ちつくしていた。みんながあたしに腹をたてている。たったいま起きたことについて、ちゃんと説明したいのにできない。だって、なにが起きたのか、あたし自身よくわかっていないから。

ほんとうにまだ話のつづきを聞きたいか？　はたしておまえが聞きたい話かどうか、わしにはわからんよ、ユミ。苦しい時代をふりかえるのはかんたんなことじゃない。わしとヒロコにまちうけていたのはまさにそういう時代だった。おふくろが死んで以来のつらい経験《けいけん》だったよ。大恐慌《だいきょうこう》や戦争よりもきつかった。あのころはたいへんだといっても、自分ひとりがなんとか生きていければよかったからな。日本をはなれるときには、わしはもう五十歳近くで、女房《にょうぼう》がいて、赤んぼうが生まれようとしていたんだ。その状態で裕福《ゆうふく》な暮らしとサヨナラだぞ。そうだ、あのころのような生活とは永遠におさらばだった。

まずわしらが落ちついたのはニューヨークだった。わしはヒロコに自分の育った場所を見せたかったのさ。わしらは、おまえの母さんが育った場所に近いブルックリンハイツのセントジョージホテルで暮らした。あのころのセントジョージホテルは長期滞在者《たいざいしゃ》むけの上等なホテルだったんだよ。八〇年代に生活保護者用の施設《しせつ》になっちまったがな。一階には超一流だと評判《ひょうばん》の床屋《とこや》があった。ヒロコほどじゃなかったが、ひげそりのうではそうとうなものだった。

ヒロコはその床屋のひげそりの技術にいたく感動して、自分の顔もそってほしいとたのんだ。いや、もちろん、あいつの顔にひげなどはえていなかったよ。だが、日本には顔のつやをよくするためにうぶ毛をそるのが好きな女たちもいたのさ。ヒロコが床屋のいすにすわると、近所じゅうの人間が見物《けんぶつ》しにあつまってきた。ヒロコははずかしくなって裏口《うらぐち》からにげだした。シェービングクリームを顔にぬりたくったままだぞ。いまでも、そのときのことを思い出すと笑いがこみあげてくる。それ以来、ヒロコは折りたたみ式のひげそりで自分でうぶ毛をそるようになった。

二、三か月は金の心配をせずに暮らせた。ふたりで観光地《かんこうち》をおとずれたり、ショーを見に行ったりした。わしは戦前からの知りあいをたずねてまわった。だが、たいがいのやつらは引っこすか死ぬかしていて会えなかった。おまえのおばあちゃんはブルックリン植物園がそりゃあ好きでな。ほぼ毎日、散歩に行っていた。とくにバラ園が気にいっていて、ときどき、ベンチにすわって腹をさすりながら、赤んぼうがぶじに生まれるよう願ったものだ。ヒロコは魚もたくさん食べた。魚は脳《のう》みそにいいといってな。そいつはほんとうだった。おまえの父さんはえらくかしこい子どもに生まれたからな。

だが、ニューヨークの物価《ぶっか》は日本の五倍、十倍だった。ものによっちゃ二十倍ってこともあった。だから、わしの金はあっというまに消えていった。いまじゃ反対だがな。東京じゃコーヒー一杯《いっぱい》が十ドル、日本円で千円近くもするんだから。いいか、想像してみろ。金がどんどんへっていくうえに、わしは故郷《こきょう》じゃとるにたらないやつなんだ。価値のない人間としてあつかわれることにわしはとまどった。むかしはそれがあたりまえだったが、横浜でずっと大物あつかいされていたからな。わしをとおさなければだれもなにもできないとまで思われていたんだ。あっちじゃわしは人々に尊敬《そんけい》されていた。ところがニューヨークじゃわしのことなどだれも見むきもしなかった。

わしらはしばらくニューヨーク州のイサカに住む兄夫婦《あにふうふ》のところでやっかいになることにした。兄きのフランクがイサカにあるコーネル大学で化学の教授《きょうじゅ》をしていたことはもう話したな？　いい大学だぞ、コーネル大学ってのは。だが、兄きはたよりにはならなかった。女房のセルマがわしらを毛ぎらいしてな。あの女のおかげでわしらの人生はみじめなものになった。なにかにつけ、めいわくだから出ていけというそぶりを見せたんだよ。すぐにわしらはがまんの限界がきて、兄きの家を出ていった。

どうしてそんなことを思いついたのかわからんが、わしはヒロコを西海岸に連れていくことにした。おそらく、人生を一からやりなおしたいと思っていたんだろう。だが、わしはどこに行っても仕事を見つけることができなかった。わしがいってるのはほんものの仕事だぞ。事業《じぎょう》をいとなむとか波止場《はとば》で働くとかのだ。わしは職《しょく》をさがして歩きまわった。ほんとうさ。そのあいだにも、ヒロコの腹はどんどん大きくなっていった。わしはときどき、真夜中に汗をびっしょりかいて目をさました。女房は妊娠《にんしん》中なのに無職のうえ金は砂時計の砂が落ちるようにどんどん消えていくんだからな。どの職に申しこんでもかならず履歴書《りれきしょ》を出せといわれ、どこの大学を出ているかきかれた。日本じゃだれもそんなことをいわなかった。要求された仕事ができるかどうか。重要なのはそれだけだった。

ロサンゼルスでゆいいつわしをひろってくれるといったのが、ガソリンスタンドだ。このわしがガソリンをいれる仕事だと！　とうていやる気にはなれなかった。いキふりかえれば、食っていくためにはどんな仕事でもやるべきだったんだ。だが、わしは職にはつかずに競馬場《けいばじょう》にかよいだした。カジノで有名な町に行き、ポーカーもやった。だが、賭《か》けごとの才能はすっかり消えちまっていた。わしらはすこしずつ身のまわりのものを売りはじめた。ヒロコの宝石、香港《ホンコン》であつらえたスーツ、日本から送ったフランス家具。そしてとうとう売るものがまったくなくなった。どん底状態《ぞこじょうたい》だ。ヒロコは毎晩泣いていたよ。

だが、おまえのおばあちゃんはたいした女だった。あの状況《じょうきょう》なら、どれだけわしを責めてもおかしくはなかった。たとえばこんなふうにな。「あんたは自分の国じゃまるで虫けら同然《どうぜん》じゃない。日本じゃあれほど大物だったのに。あんたの人生はもうおしまいよ。とんだ負け犬だわ」。だが、あいつはそんなことはいっさいいわなかった。わしが自分でそう思っていたのさ。おまえの想像以上にひどい生活だったんだよ。だが、苦しい暮らしはヒロコにとってこれがはじめてじゃなかった。あいつは第二次世界大戦中の日本を生きぬいてきたからな。あれ以上悲惨《ひさん》なものなどありえない。とにかく、おまえのおばあちゃんは超一流の人間だった。それはいまも変わらない。

わしはどこまで話した？　そうか、そうだったな。それから、わしらはロサンゼルス郊外《こうがい》の町ホーソーンで、週貸しのモーテルを借りた。ビーチボーイズの生まれた町といったって、ホーソーンは海辺の行楽地《こうらくち》じゃないぞ。わしらは海岸まで十五、六キロの場所に暮らしていたが、百キロはなれたところに暮らしているのとなんら変わりはなかった。遊歩道《ゆうほどう》をのんびり歩く気にはなれなかったからな。モーテルの裏には、雑草《ざっそう》がはびこる猫《ねこ》のひたいほどの小さな空き地があった。ヒロコはモーテルの支配人にその土地の手いれをさせてほしいとたのんだ。支配人は興味《きょうみ》がなさそうに肩をすくめて承諾《しょうだく》した。一か月もするとそこは一面花におおわれた。それもそんじょそこらの花じゃない。蘭《らん》だぞ！　あいつには園芸《えんげい》の才能があるんだよ。庭になっている梨《なし》を食べたことがあるか？　わしはくだものが好きじゃないが、ヒロコの梨は世界一だ。梨園でももてていたら、いまごろわしらはそうとう裕福な暮らしができていたろうよ。

ある真夜中、ヒロコが破水《はすい》した。わしらにはたよれる人間がひとりもいなかったから、自分たちでタクシーを呼んで病院に行った。わしは保険《ほけん》にもはいっていなかったが、病院の人間はヒロコを救急処置室《きゅうきゅうしょちしつ》に運びこんでくれた。うそじゃないぞ。おとぎ話でもない。朝になって、わしらは毛布にくるまれた赤んぼうといっしょにモーテルの部屋にもどった。看護婦《かんごふ》たちは赤んぼうの頭にポンポンのついた帽子《ぼうし》までかぶせてくれた。こうして、ひっそりと、またひとり、赤んぼうがこの世に誕生したわけだ。わしは身勝手な理由から女の子がほしいと思っていた。息子《むすこ》が生まれても、一人前の男にするために自分が教えてやれることはなにもないと思っていたからだ。そのときのわしは自分を一人前の男とは思えなかったのさ。

わしとヒロコは赤んぼうのためにいろんな名前を考えていた。ユダヤ人の名前に日本人の名前。アイルランド人の名前すら候補《こうほ》にあげていた。だが、けっきょくおまえの父さんの名前はひょんなことからきまったんだよ。モーテルにもどると、わしはなにげなくテレビのスイッチをいれた。すると、テキサスのオースティンにトルネードが発生したニュースが流れていた。「これよ!」ヒロコが何か月ぶりかにうれしそうな笑顔をうかべていった。「この子の名前はオースティンにしましょう。トルネードぼうやの誕生よ」あんな笑顔を見て、反対などできるはずもない。だから、わしはそうしようといった。心のなかじゃカウボーイの名前みたいだと思っていたがな。

四日後、おまえのおばあちゃんは仕事をさがしに出かけた。のびきった腹にさらしを巻いて、オースティンの世話をお願いしますねといってな。わしは反対したが、ヒロコは指をくちびるにあてていった。「お父さん、こんどはわたしが働く番よ」もうわしがなにをいおうと、ヒロコは耳を貸さなかった。そうやってヒロコが出ていくのを見たとき、わしのなかのなにかが死んだのさ。

その日、わしははじめてオースティンとふたりっきりですごした。とんでもない一日だった。わしはそれまで赤んぼうを抱《だ》いたことなければ、ましてや世話をしたことなど一度もなかった。あやまって死なせちまったらどうする?　いいか、一日じゅう、ほ乳びんを片手《かたて》に、泣きどおしのやっかい者のめんどうをひとりで見るんだぞ。しかも、そいつはまったくいうことを聞きやしないんだ。シャツをやたらとつかんでくるし、あったためてやったミルクはまったく飲もうとしない。おまけに一日じゅう、声をかぎりに泣きつづけるんだ。わしはほとほとこまりはてたよ。

胸の上に寝かせてやると、ようやくオースティンは眠った。わしらはモーテルのベッドにふたりだけで横たわっていた。おそらく、わしの心臓《しんぞう》の音がオースティンを落ちつかせたんだろう。わしもそのままいっしょに眠った。ドアのかぎがガチャッと開く音でわしらは目をさました。ヒロコが帰ってきたんだ。あいつはどうにか電子機器工場の組み立て作業の仕事を見つけてきた。ヒロコはいった。「明日は朝の七時には出かけなきゃいけないわ」

第七章　二月

バレンタインデーの一週間前、一時間目の授業がはじまる前に校長先生があたしとクインシーを呼びだした。

「きみたちふたりに悪いニュースがあるんだ」校長は机の上の書類《しょるい》をひっかきまわしながらいった。「うちの講堂《こうどう》を撮影《さつえい》に使わせてほしいと映画スタジオからたのまれてね。多額《たがく》の撮影料をはらうというんだよ。悪いニュースというのは、撮影がはじまるのがきみたちのコンサートの日の朝ということだ」

「そんなの、ことわってくださいよ！」クインシーがいすからいきおいよく立ちあがってさけんだ。

「校長先生、あたしたちは何か月も前からこのコンサートを計画してたんです」あたしは冷静《れいせい》さをうしなわないようにしながらいった。「全体練習は十回以上しました。チケットを売って、プログラムを刷《す》って、広告をあつめて、バザーの準備《じゅんび》をして――」

「ヴァイオリンの連中の脱退《だったい》だって阻止《そし》したんだ！」クインシーが口をはさんだ。

「もうみんなに宣伝《せんでん》してるんです！」あたしももう感情をおさえられなくなってきた。

「きみたちががっかりするのはわかるよ。だが、私にはどうしようもないんだ。学校にとっては願ってもない話なんだよ。その撮影料がどうしても必要なんだ」

「冗談《じょうだん》じゃやねえぞ！」クインシーは校長の机に手をついて、おおいかぶさるように立っている。「あんた、何か月も前におれたちに許可《きょか》をくれただろ！」

「まあ、すわりたまえ、ケイラーくん。広告主の方々には私から説明の手紙をお出しするよ」

「ぜんぶ、だいなしよ！」あたしはかろうじてふたりにとどくくらいの声でいった。

すべてが悪いほうにむかってる。校長はどうしてこんなにひどいことができるの？　クインシーと校長が大きな声でいいあうのを聞いてるうちに、ふと、いい考えがうかんだ。

「やめて！」あたしはどなった。ふたりがこっちをふりむく。「先生、べつの日にコンサートをやらせてください」

「だが、この時期は行事がつまっていて、講堂は――」

「校長先生、もし、新しい日程《にってい》を用意してくれないなら、今回の話をロサンゼルスじゅうが知ることになりますよ」

校長は一瞬《いっしゅん》ぎょっとしたけど、机の上のカレンダーに手をのばし、めくりはじめた。「そうだねえ、夕方に講堂が空《あ》いているのは、春のうちは四月一日だけだなあ」

「エイプリルフール？」クインシーはかっときていった。「おれたちをからかってんのかよ？」

「ほんとうにすまないが、いま約束できるのはこの日だけなんだよ」

「まって」あたしも立ちあがった。それでもあたしの背はクインシーの肩までしかないけど。

「その日でいいです」

「なんでさ!?」クインシーは怒った。

「なにが起きてても、だれにじゃまされても、コンサートはぜったいにやるの。延期《えんき》になったってかまわない。四月なら一か月半よけいに練習期間がとれるってことじゃない」

校長はじっとあたしたちを見ている。「きみがものわかりのいい生徒でたすかっ――」

「あんたはだまっててくれよ」クインシーがうなるようにいい、校長はだまった。

「あたしは本気よ、クインシー。コンサートはぜったいに中止にはしないから」

「けど、おれたちの信用はがた落ちだぜ。もう、なにをいってもだれも信じてくれないよ」

「校長先生、書面《しょめん》で約束してください」あたしは事務的《じむてき》な口調《くちょう》でいった。

「もちろんだよ、ユミ。すぐに秘書《ひしょ》に用意させよう」

「それと、チケットやプログラムなどの刷りなおしの費用《ひよう》はぜんぶ、学校で負担《ふたん》してください。映画の撮影料から出せますよね？」

校長は返事をためらった。あたしは校長の目をまっすぐに見た。校長としてのあなたの評《ひょう》判《ばん》がかかってるんですよ、というように。

「わかった、そうしよう。すじのとおった要求だ」

「それから、もう二度とこんなふいうちはしないでください。あたしたちにとってオーケストラはとてもだいじなものなんです」

校長室を出ると、クインシーがあたしをまじまじと見た。ローマ法王《ほうおう》かなにかをあがめるような目つきで。「ユミ、すごいよ！」

「はいはい、そうね」しなくちゃいけないことが山ほどある。考えると頭がくらくらする。

「ちがうって。ほんとにそう思ってるんだって。みごとだったよ」それから、ふいにクインシーはだまりこんだ。まただ。クインシーはあたしに怒ってたことをわすれて話しかけてきて、とちゅうで思い出し、また冷たい態度にもどるのだ。これをやられると、ほんとうに頭にくる。

あたしはクインシーにむかって手をつきだした。オーケストラを復活《ふっかつ》させるまではとにかく協力しあわなくちゃいけない。クインシーはあたしの手をとり――手が冷たくてしめってる――二、三回ふると、ぱっとはなした。でも、これでひとまず仲なおりだ。

あの〈おどりくるおう真冬のダンスパーティー〉の悲劇《ひげき》以来、クインシーとの関係はぎくしゃくしてる。イーライがダンスにさそってきたのはあたしのせいじゃないのに、クインシーはそのことについて話したがらなかった。それでけっきょくあたしたちはだれもパーティーには行かなかった。でも、クインシーはあたしを完全にさけることはできない。あたしたちはオーケストラ復活キャンペーンの共同リーダーで、いっしょにコンサートの準備をしなくちゃいけないから。でも、サーフィンをしにヴェニスの海岸に来ても、クインシーはあたしにはけっして近づかない。先週の土曜日もそうだった。クインシーはサンタモニカ・ピアの近くで波に乗っていたときにバランスをくずし、ボードが宙《ちゅう》に飛びあがった。そして落ちてきたボードが顔を直撃《ちょくげき》し、前歯が一本折れてしまった。クインシーは鼻からも血を流していて顔じゅう血だらけになり、ライフガードが担架《たんか》をもってかけつけた。だけど、クインシーはあたしのことをずっと無視《むし》していた。

その日はそれからも事態《じたい》はいいほうにはむかわなかった。わかってはいたことだけど、コンサート延期のニュースがひろまると、オーケストラのみんなはいかりくるい、どうしてこんなどたんばになって延期なのかとあたしとクインシーを責《せ》めた。メンバーの半分は、エイプリルフールにコンサートなんてぜったいにいやだからといった。もう半分は口をきいてくれなくなった。みんなにもう一度やる気を起こさせるには、なんどもあやまらなければならないだろう。でも、ほかにあたしにできることはないんだから、土下座《どげざ》したってみんなにはもどってもらわなきゃ。このまま、オーケストラをおわりにしていいはずない。これからこの中学校にはいってくる子たちのために、なんとしても存続《そんぞく》させるんだ。

天気もあたしの気分と同じくらいひどかった。どんよりくもっていて、むしむしする。まるで熱帯にいるみたい。みんなショートパンツとタンクトップ姿《すがた》だった。でも、まだ、春が来たという感じじゃない。湿気《しっけ》が多くて不快《ふかい》なだけだ。先生たちはいらいらしていて、いつもよりずっとたくさん宿題を出した。みんな、ささいなことでいいあいをしている。これ以上悪いことなんて起こりえないと思ったら、昼休み、父さんから電話がかかってきた。ソールのぐあいがあまりよくないという。

「バスに乗って競馬場《けいばじょう》に行こうとしたんだよ。運よく、ヒロコが気がついて、バスに乗る前につかまえたんだが」父さんがいった。「そこでもめたのがよくなかったらしい」

ソールはいまだに自分のことを五十歳くらいだと思っている。だから杖《つえ》も使おうとしない。もうほとんど歩けないし、食欲だってぜんぜんないのに。さいきんは朝にクラムケーキをすこし食べてうすいコーヒーを一杯《いっぱい》飲むだけだ。夜、ソールに電話をかけて、今週か来週の週末にいっしょに競馬場に行こうってさそおう。それを聞いたらきっと元気になるはず。コンサートが中止になりかけたことを話すと、父さんは本気で怒った。母さんにも電話して同じことを話すと、あたしに同情したあと、「でも、よくやったわね」と交渉《こうしょう》の手腕《しゅわん》をほめてくれた。

この二十四時間でゆいいつのいいニュースは、ティアア・パロマがとうとうイザベルを連れて帰る許可をもらったことだ。来月、ふたりに会いにニューヨークに行きましょうねと母さんがいった。ゆうべ、ティア・パロマは母さんに、イザベルはもうあのときの倍近く大きくなったのよと話していた。イザベルはもりもり食べて――うんちもたくさんしてるって！――小さな鳩《はと》みたいにクックックッよく笑うという。あたしも電話をかわってもらって、イザベルの声を聞いた。早くまたイザベルに会いたい。あのすっぱいミルクのにおいがなつかしい。クラリネットを吹いてあげたときに手をふりまわしていた姿も。イザベルの前ではあたしはぜったい悪いことはできないだろう。

　あたしはいまだにすごくふしぎな気がしている。グアテマラという南国で生まれたイザベルが、遠くはなれたブルックリンで成長することになるなんて。でも、母さんとティア・パロマはいいきる。イザベルはティア・パロマの子どもに、あたしのいとこになることにきまっていたのよ、これがあの子の運命なのよって。それってどういうことなんだろう。自分の身に起きることと、自分の手で起こしたことはどんなふうにつり合っているんだろう。ふたつとも運命なの？　ソールはよくいっている。人生はくばられたカードだけできまるんじゃない。そのカードでなにをするかで変わってくるんだって。

　バレンタインデー。放課後、学校の前で母さんとジムがたくさんの風船をもってまちかまえていた。「愛してるわ《アイ・ラブ・ユー》！」とか「ぼくの恋人になってくれ《ビー・マイ・スイートハート》！」とか書いてある風船だ。あたしは赤の他人のふりをしたかった。でも、あたしの姿を見ると、母さんは得意《とくい》げな顔で興奮《こうふん》ぎみにさけんだ。「ねえ、おどろいたでしょ！」全校生徒の前で母親からバレンタインの風船をもらうことがどれだけはずかしいことなのかまったく気づいてない。あたしは風船をかきわけて、車の後部座席にすべりこんだ。できるだけ奥《おく》のほうにすわる。

「ラジオのチューナーを一〇三・一に合わせていただけますか」

「もちろんよ、クッキーパイ」母さんはいった。

ラジオでは、午前中に流れた〈ジョンジーのジュークボックス〉バレンタインスペシャルの再放送をやっていた。ふだんから、あきれるほど感傷的《かんしょうてき》にセックスピストルズ時代の話をするジョンジーは、センチメンタルなラブソングばかりをかけていた。もう、とうしたって、この悲惨《ひさん》な一日からはのがれられないの？

ユミ・ルイス＝ハーシュがバレンタインにもらったものの集計結果
カード：なし
チョコレート：なし
かくれファンからの手紙：なし
テディ・ベアのプレゼント：なし
ハートのついたもの：なし

「今日はだれが夕食のお店をきめる番かしら」母さんが楽しそうにいった。

「あたし」あたしはいった。

「なにがいい?」

　母さんとジムと三人で出かけるなんてほんとうはぜったいにしたくないことだ。でも、あたしはひねくれた気分になっていた。前に母さんが、ジムは中西部の出身で食べものにはすごくがんこなのよといっていた。ジムにとってはベイクトポテトがごちそうらしい。ありえない! よし、きめた。このみじめな日をすこしはおもしろい日に変えてやろう。

「スシがいい!」あたしはいった。

「スシ?」母さんとジムが前から声をそろえていった。ジムがごくりとつばを飲みこむ音が聞こえたのはあたしの気のせい?

　一時間後、あたしたちはサン・ヴィセンテ大通りのスシ屋〈ナガオ〉のテーブルについていた。〈ナガオ〉はうちの近くにあって、スシ屋にしては気軽《きがる》にはいれるお店だ。じっさい、料理人たちはみんなロサンゼルス郊外《こうがい》のサンフェルナンド・ヴァレーの出身のような話しかたをする。「なにをにぎりやしょうか、ダンナさんがた?」

　でも、あたしが思ってたようなおもしろい展開《てんかい》にはならなかった。母さんはジムが食べやすいように火のとおった料理ばかりを注文したから。うなぎのかば焼きとごはん、みそ汁、カリフォルニア巻き。ぜんぶ、食あたりを起こす心配のないものばかり。あたしはジムがうずらの卵やいくらやハマチやマグロをむりしてのどに流しこむところを見たかったのに。

　スシを食べたことで、またサーフィンの話になった。

「さいきん、サメが海岸の近くまで来ることが多くなったらしいわ」母さんがいった。「現にわたしも、ユミのサーフィンキャンプの最終日に目撃《もくげき》したし」

「母さん！」あたしはあわれっぽい声を出した。「あれはイルカだったでしょ？」

「サメはすごい歯があるし、危険《きけん》だわ」母さんはあたしを無視してつづけた。「あなた、あの歯を見たことある？」

「なにかで読んだんだけど、オーストラリアのサーファーがホオジロザメの鼻っつらにパンチしてなんとかにげたらしいよ」ジムはこぶしをつくりながらいった。

「やあねえ、ボクシングの試合じゃないんだから！」母さんは声をあげて笑った。

なんなの、この会話！　だけど、それから、ちょっと笑えることが起きた。ジムが枝豆のさやをくわえて豆を押しだそうとしたときに、豆がさやごと飛んで店の窓にへばりついたのだ。

でも、もちろんゆかいな気分は長くはつづかなかった。

「ミ・アモール、これを聞いたらがっかりすると思うけど、ロサンゼルスでの講師《こうし》の職《しょく》、だめだったの。わたしもショックだったわ」

「うそ!?」あたしはいまにも泣きそうだった。

「ゴルディータ、ほんとうに悪いと思うけど、母さんもせいいっぱいやったのよ。でも、博士《はくし》号《ごう》をもっている人間を採用《さいよう》したいんですって」

こんなこと起きていいはずない。あたしの人生が悪夢《あくむ》に変わっていく。ナパになんてぜったたいに引っこさないから。高校にかようあいだ、父さんと毎日会えないなんて、ううん、いまも毎日は会ってないけど、でも、ほとんど会えないなんて、そんなの考えられない。だって、ベースの練習はどうなっちゃうの？　これからはだれがインスタントラーメンの食べくらべをして、おいしさのちがいを教えてくれるの？　ばかばかしいジョークをいって笑わせてくれるの？　ヴェニスのボードウォークにいっしょにスケートボードをしに行ってくれるの？　いろんなパンクバンドの歴史を教えてくれるの？　十一時のニュースを見て、世界でなにが起きてるか教えてくれるの？　ほかにもかぞえきれないほどたくさんのことを父さんはあたしにしてくれている。

「あたし、行かないから」あたしはつぶやいたけど、母さんは聞いていなかった。あたしの世界が崩壊《ほうかい》しようとしているのに、母さんはおしゃべりをつづけている。

「ユミ、わたしたちが心あたたまる生活を送る場所が家になるの。わたしたちはまたナパで新しい家をつくる。そして、こんどはジムもその一員になるのよ」

「だいたい、なんでこの人がここにいるわけ？」あたしはほとんどどなるようにしていった。するとと母さんは話をやめた。

ジムはまだまったく手をつけていないごはんを見おろした。両手をぎゅっとにぎりあわせている。そして、なにかこの場をまるくおさめるようなことをいおうと口をひらきかけた。あたしはますますいかりがこみあげてきた。

「ジムは週末に荷物をナパに運ぶのを手つだってくれるのよ。トラックを借りて自分たちで運ぶつもりだから」

しばらくだれもなにもいわなかった。あたしはふたりにむかってさけびたくなった。あたしのものに勝手にさわらせないから！

「ユミ、もうひとつ知らせたいことがあるの」母さんは早口でいった。

あたしは暗い気もちで母さんを見た。この夕食は永遠《えいえん》におわらないの？

「日どりがきまったのよ」

「日どり？」胸がぎゅっとしめつけられるように苦しくなった。

「そう、ミ《シー》・アモール。わたしとジムの結婚式の日どりがきまったの。六月二十四日よ」

ふたりはじっとあたしを見つめてきた。期待に満ちた顔をしてる。あたしにどうしろっていうの？　立ちあがって拍手《はくしゅ》してほしいの？　もうこれだけひどい目にあってるのに、ふたりのためによろこべなんて、どうしてそんな残酷《ざんこく》なことを要求できるわけ？　これほどつらくて長く感じられる瞬間《しゅんかん》ははじめてだ。

「そうそう」ジムが明るい声でいった。「私はまだサーフィンを教えてもらいたいと思っているんだよ」

あたしはジムの顔に熱いお茶のはいったポットを投げつけてやりたくなった。でも、必死にこらえた。あたしの人生がおわったってときに、いっしょにサーフィンしに行こう？　この人、頭がおかしいんじゃない？

もし、父親みたいに、あたしの父親みたいにふるまいたいんなら、あきらめたほうがいい。理由は、あたしはあんたと母さんに結婚してほしくないから。以上。本音《ほんね》をぶちまけられるなら、ジムには「うせろ」といいたい。それからもっとずっとひどいことも！　かわりに、あたしはなんとか笑顔をつくり、トイレに行ってくるといった。さいしょは、ただトイレに行って泣きたいと思っただけだった。でも、トイレには人がならんでいて、あたしはまつ気分にはなれなかった。

よく考えもせずに、あたしは裏口《うらぐち》からこっそり外に出ていた。どこか行くあてがあるわけじゃなかった。ただ、この場所からにげだしたかった。ポケットをさぐると、一ドル札が三枚と小銭《こぜに》がすこしだけあった。サン・ヴィセンテ大通りと交差する二十六番通りに行くと、ちょうど、ビッグブルー・サンタモニカ・バスが走ってきた。あたしはバスをつかまえようとかけだした。レストランの窓のむこうに母さんとジムがすわっているのが見える。でも、ふたりともこっちは見ていない。あたしはバスに飛び乗って、運賃《うんちん》をはらい、うしろの席にすわった。レストランのなかのふたりがよく見える。ふたりはテーブルの下で手をつないでいて、顔を近づけて話している。信号が変わり、バスは海にむかって、赤い夕日にむかって西へと走りだした。母さんとジムの姿がどんどん小さくなっていく。

バスがオーシャンアヴェニューにはいると、あたしはバスをおりて、北へ歩きだした。坂をくだると前に住んでいた家の近くに出る。それからマベリー通りを左に曲がって、そのままひとブロック歩きつづける。四年生と五年生のときにはいつもここを歩いて学校に行っていたから、通りぞいの木や門や犬はぜんぶ知っている。今日はそのころよりすこししずか。車がときおりとおりすぎる音のほかには、切《き》り妻《づま》屋根の青い家に飼《か》われてるコッカスパニエルの鳴き声しか聞こえない。角を曲がってオーシャンウェイにはいると、まるで不法侵入《ふほうしんにゅう》でもしているみたいに心臓《しんぞう》がきゅうにばくばくしだした。ここには七年も住んでいたのに。

家には明かりがぜんぜんついていなかった（まだだれも引っこしてきていないのよと母さんはいっていた）。でも、海にしずむ夕日を背に受けて、家は燃えているみたいに見える。空がすごくきれい。ピンクと紫《むらさき》にところどころ濃《こ》い赤が血管《けっかん》みたいに走ってる。母さんはしょっちゅうあたしをバルコニーや前庭に呼んだ。「すばらしい夕日だから見にいらっしゃい！」「今夜はみごとな満月よ！」「見て見て、オレンジの月よ。海一面がきらきらひかってるわ！」あたしはほとんどいつも母さんのいうことを無視して、それらを見のがしてきた。すぐそばにこんなにすばらしいものがあったのに、どうして、うしなうまで気がつかなかったんだろう。

あたしは門を押しあけて、レンガの階段を四段のぼり、前庭にはいった。庭木のすべてがのびほうだいにのびている。母さんが植えたジャスミンはつるがぼうぼうで、甘い香りをはなっている。ひょっとするともう春が来たと思っているのかもしれない。ここのところ雨が多くて、気温もこの季節にはありえないくらい高かったから。二羽のハチドリがブーゲンビリアの花のなかにはいったり出たりしている。この家には五羽のハチドリの家族が住みついている。玉虫《たまむし》みたいにきれいな緑色をした小鳥たちで、のどのところだけがピンクだ。いつも朝早くか、たそがれどきに花の蜜《みつ》を吸いに来る。ほかの時間はどこでなにをしているんだろう。

ハイビスカスの垣根《かきね》にそって三本のヤシの木が植わっている。二本はシャム双生児《そうせいじ》みたいに一本の幹からとちゅうでわかれている。あたしはそのまたに腰《こし》かけて、海をながめた。ここは何年もあたしの見はり台だった。いつもここにすわって、極東《きょくとう》からせめてくる敵を見つけるところを想像《そうぞう》していた――いったいだれがせめてくるのかわからなかったけど。でも、もしそうなったとしたら、あたしは国民的な英雄《えいゆう》だ。ホワイトハウスの晩さん会にまねかれて、記者会見だってひらかれるにちがいない。目の高さを十数羽の鳥が飛んでいく。この家は崖《がけ》の上に建っているから。今日は北にマリブ、南にパロス・ヴァーデズ半島、沖にサンタ・カタリナ島が見える。

母さんはこの家から引っこさなきゃならないのは残念だといっていた。でも、物質的《ぶっしつてき》なものには執着《しゅうちゃく》しないようにしているの、ともいった。母さんの親はむかしキューバの牧場で暮《く》らしていた。だけど、共産党《きょうさんとう》が政権《せいけん》をにぎったときに牧場をとりあげられてしまったのだ。ふたりは手もとにあったすこしのお金とスーツケースふたつだけをもって国を出ていかなくちゃならなくなった。でも、あたしにとって、この家はただの建物じゃない。雨風をしのぐだけの場所じゃない。育った場所で、思い出のすべてがつまっている場所だ。

それにしても、思い出はどこに行ってしまうんだろう？　母さんは、思い出はいつもあたしたちのなかにあるのよっていう。だから、だれにもうばうことはできないんだって。だけど、あたしは、思い出が暑い日の水たまりみたいに蒸発《じょうはつ》して消えちゃうんじゃないかって心配。むかしのあたしはいまどこにいるの？　過去《かこ》を思い出すには、外国をおとずれたときみたいに、ガイドが必要なんじゃない？　国を追われた人の気分ってこんな感じ？　過去を思い出させるものがまわりになにもなくて、あたしはどうやってすべてを思い出したらいいんだろう。母さんはあたしのもっていたもののほとんどをすててしまった。あたしは自分がなにをうしなったのかもわからない。それに、すごくだいじにしていたものもたくさん手ばなさなくちゃならなかった。ぬいぐるみは慈善《じぜん》団体に寄付《きふ》に出されて、本はニューヨークにあるティア・パロマの小学校に送られた。

こんなのひどすぎる。

玄関《げんかん》のドアを開けようとしたけど、鍵《かぎ》がかかっていた。窓はよごれていて、鳥のふんがいっぱいついている。でも、家のなかは見えた。つくりつけの本棚《ほんだな》、マヤの象形文字《しょうけいもじ》が彫《ほ》られた石の暖炉《だんろ》、ダイニングへのアーチ型の入り口、二階につうじる、錬鉄《れんてつ》の手すりがついた階段。なにがどこにあったのかぜんぶおぼえてる。絵や写真がかざってあったところも、ソファと電気スタンドがおかれていたところも、じゅうたんがしいてあった場所も。壁《かべ》は一面本だらけだった。暖炉の右どなりのすみには毎年クリスマスツリーをかざった。つぎに住む家族もそこにツリーをおくのかな。このぜんぶがもうなくなっちゃったなんて。母さんは、ナパの家はこの家の三分の一の大きさしかないから、たくさんのものをすてないといけないといった。「二十号の服を着ている女性が八号のドレスを着ようとするみたいなものよ」そんなジョークちっともおもしろくない。

家の裏にまわって中にはいるのはそれほどたいへんじゃないはず。母さんはしょっちゅう鍵をどこかにおきわすれて、となりの中国人富豪《ふごう》の家とのさかいにある竹の垣根と、家の横の壁とのせまいすきまをとおって裏にまわった。だから、あたしも同じことをした。土ぼこりがたくさん舞《ま》いあがって窒息《ちっそく》しそう。でも、歯をくいしばって、なんとかすきまをすりぬけ、裏庭にたどり着いた。裏庭は前庭よりもひどかった。プールは雑草《ざっそう》と藻《も》で一面おおわれていて、山奥にある池みたいだ。オレンジの木はくさりかけの実をいっぱいぶらさげている。屋外用《おくがいよう》のテーブルセットをおいていた中庭のテラスには大きなさびがいくつもういている。

ある夏、母さんが『裏庭につどう小鳥たち』という図鑑《ずかん》を買ってきて、ふたりで庭に来る鳥の種類を調べはじめた。その七月だけで三十七種類もの鳥たちが飛んできた。あたしがいちばん好きなのはナゲキバトだった。鳴き声と飛びたつときにふわりと羽ばたく姿がかわいいのだ。いちばんきらいなのはカケス。ナゲキバトのひな鳥を殺すから。毎年、ナゲキバトは今年こそはと巣《す》をつくって卵をひとつかふたつ産むんだけど、かならずカケスにおそわれた。ほんとに残酷。春になるとカモもプールに飛んできた。二、三度、アライグマを見たこともあるし、一度だけ子鹿《こじか》も見た。鳥をねらってこそこそはいりこんでくる猫《ねこ》はかぞえきれないほどいた。

これからはだれがこういう動物たちを目撃するの？

プールの近くに古い水中めがねが落ちていた。それを見たら、すごくかなしくなって、また泣きたくなった。あたしはこのプールでヴェロニクに泳ぎかたを教えた。あの最後の大々的な誕生日《たんじょうび》パーティーもここでやったし、それまでの七年間も、毎年ここで誕生日を祝った。プールサイドでパーティーをして、ピザを食べて、そのあと、父さんと母さんが、もうパジャマに着がえているあたしと友だちを映画に連れていってくれた。そのときは、食べたいものをなんでも注文させてくれた。家に帰ってくると、あたしたちはテントを張って、寝袋《ねぶくろ》を用意して、眠りにつくまでまた映画のビデオを見るのだ。朝になると、母さんがベーグルとクリームチーズの朝食を用意してくれた。そして食べおわるころ、友だちのお父さんやお母さんがむかえに来た。パーティーのあとはいつも何週間か、家のあちこちで見慣れない下着や服がぽつぽつ見つかった。

キッチンにつうじる裏口のドアは鍵がかかっていたけど、書斎《しょさい》の窓はかかっていなかった。あたしは窓を開け、ジャスミンのしげみをのりこえてころがるように部屋のなかにはいった。なにもないこの家を見るのは変な感じ。なつかしいのによそよそしさを感じる。もう、ここはあたしのいるべき場所じゃないのかもしれない。なんだかこわい。暗くなってきたのに明かりがつけられないから。家のなかはかびくさかった。雨もりしているところの床板がゆがみ、かびがはえて、ピンク色にひかっている。なにかの伝染病《でんせんびょう》の菌《きん》みたい。母さんはよくいってた。「こんな健康に害をおよぼしかねない物件《ぶっけん》を貸すなんて、家主《やぬし》をうったえてやろうかしら」

「この家は高級住宅地に建つ、第三世界の家よ」

あたしは二階の自分の部屋に行った。ステッカーのあとがまだドアにいくつかのこっている。もう、どんなステッカーだったかまではわからないけど。部屋の壁はラベンダー色にぬられている。すこし色が濃いところには前はポスターがはってあった。マット・ディロンにジョニー・デップ、アウトサイダーズ〔訳註：オランダのロックバンド〕、ボブ・マーリー、ラモーンズ、そしてサーファーたちのポスター。この部屋のなにもかもを細かいところまで正確《せいかく》に記憶《きおく》しておきたい。あたしの部屋はあたしがいなくなってさびしがってるかな。あたしがクラリネットを練習していたことをおぼえてる？　海の音を子守唄《こもりうた》にして眠っていたことは？　嵐《あらし》の夜は風で窓がひらいて、死ぬほどこわがったことは？　母さんを呼んで、もう一度眠りにつくまでいっしょにいてってたのんだことは？　講演《こうえん》活動の旅に出る母さんに行かないでってだだをこねたことは？　寝る前にもうひとつ詩を読んでってねだったことは？　一度だけ、ヴェロニクがくちびるにキスをしてきたときのことは？

古いひじかけいすの上でまるくなりたい。毛布にくるまって床で眠るんでもいい。とつぜん、どっとつかれを感じた。まぶたが鉛《なまり》でできているみたいに重たい。あたしは窓を開けて、バルコニーに出た。風が強く吹いている。海辺にある会員制のクラブから悪趣味《あくしゅみ》なディスコ音楽が流れてくる。たぶん、バレンタインパーティーをしてるんだろう。毎年、一月一日と七月四日にそのクラブはとてもみごとな花火をうちあげる。あたしたちはいつもこの家から花火をながめた。まるであたしたちのためだけにうちあげられているような気分を味わえた。

太陽はもうすぐ完全にしずんでしまう。もう水平線に細い光の線が見えているだけだ。そしてその線もあっというまに消えて、あたりはまっ暗になった。今日の理科の時間にデンティニ先生がいってたことを思い出した。地球は地軸《ちじく》を中心に分速約二十二キロメートルで回転しているという。そして太陽のまわりを一分間に約千七百三十キロメートルの速さでまわっている。つまり、地球の上にいるあたしたちも、うごいていないときでもうごいているのだ。理屈《りくつ》の上ではたしかにそうだ。でも、やっぱりぜんぜん納得《なっとく》いかない。母さんが心配してるんじゃないかって心配になってきた。あたしはいままでどこかからにげだしたことは一度もない。だから、母さんは半狂乱《はんきょうらん》になっているにちがいない。一度、六歳くらいのときに農家《のうか》の人たちがやっている市場《いちば》で、母さんとはぐれたことがあった。三分後に母さんはあたしを見つけると、わっと泣きだした。そして、たった三分のあいだに母さんは州兵《しゅうへい》に、むすめが行方不明《ゆくえふめい》だと通報《つうほう》していた。

雨がふりはじめた。大きな雨つぶがほてった顔を冷やしてくれる。あたしははじめて自分の体がそこまで熱くなっていることに気づいた。もしかすると熱があるのかも。今週はもうずっと学校を休まなきゃならなくなるかもしれない。これからどうしようかと考えはじめたときに、サイレンを鳴らしたパトカーが家の前にとまった。ふたりの警官《けいかん》がおりてくる。ひとりは手にメガホンをもっていた。ヘリコプターまで頭上で旋回《せんかい》している。でも、まさか、あたしをつかまえに来たのだとは思いもしなかった。それから、映画でよく見るのとまったく同じように警官が命令した。「手をあげて出てこい！」

ユミ、今日は記念すべき日だぞ！　ソールじいちゃんと競馬場に来たんだからな。ひとつかふたつだいじなことをおまえに教えてやるつもりだ。競馬場ですごした一日のことがいつかなにかの役にたつかもしれないぞ。おまえにちょっとした利益《りえき》をもたらすかもしれん。わしは競馬でだれかに迷惑《めいわく》をかけたことは一度もない。ヒロコはおまえを競馬に連れていくことにあまりいい顔はしなかったがな。だが、死にかかってるやつとけんかをしたがる者はいない。わしの最後の願いだというと、あいつはなにもいえなくなった。ユミ、まわりを見てみろ。よく晴れて、芝《しば》は青く、白鳥たちはこの場所の美しさをいっそうひきたてている。そうだろう？

ああ、おまえに前科《ぜんか》ができたことは聞いたよ。ヒッヒッヒッ。おまえの母さんがヒロコに電話してきて、すべて話したんだ。シルヴィアは心配してたぞ。おまえが今日もまたおんなじようなことをするんじゃないかってな。いいか、ユミ、問題からにげてもなんの意味もないぞ。だいたい、どこににげるんだ？　人生にはいいときと悪いときがある。だが、あとからふりかえってみると、そのときに思っていたのとは逆だと、つまり悪いときこそがいいときだったとわかることもあるのさ。大きな変化はときに思ってもみないようなやりかたで成長を強いる。だが、問題をかかえたときには、まっすぐむきあって、策《さく》を考えろ。こいつはいいアドバイスだぞ。よくおぼえておけ。わしもそうしておけばよかったといまになって思うことがある。だが、過去にはもどることはできない。どんなにそうしたいと思ってもな。わしを見ろ。日本には二度ともどることはできなかったし、ニューヨークにもどってもうまくはいかなかった。前を見つづけるんだ、ユミ。いまを生きろ。そして未来を引きうけるんだ。そいつがわしのいいたいことさ。

　ああ、たしかにおまえたちは時間と金をいくらかむだにした。だが、校長はべつの日どりを約束してくれたんだろ？　なら、見たやつらの記憶にのこるコンサートにするための時間がたっぷりできたってことじゃないか？　ほら、十ドルだ。チケットを二枚とっておいてくれ。ヒロコと聴《き》きにいく——ああ、約束だ。もちろん、ぜったいに行けるさ。一列目の席を用意してくれよ。さあ、本番まで最善《さいぜん》をつくせ。それでこそ、わしの孫だ！

　ほら、まわりを見ろ。サンタ・アニタ・パークはアメリカでもっとも古くてりっぱな競馬場のひとつだ——いまだにこれにまさる馬場《ばば》はそうないぞ。一九四〇年代、五〇年代には映画スターたちはみんなここに来たもんだ。ケーリー・グラントやキャロル・ロンバードやスペンサー・トレイシーなんかがな。もちろん、一般客もおおぜい来た。むかしは、晴れて気もちのいい日曜に大きなステークスレース〔訳註：各出走馬のレース出走登録料が賞金とされ、好成績をおさめた出走馬へ分配されるレース〕があると、スタンドはきまって満席になった。六万人はいたぞ。圧巻《あっかん》だった。さいきんの混雑《こんざつ》なんてくらべものにならん。インターネットと場外投票《じょうがいとうひょう》のせいですべてが変わっちまった。いまじゃ、わざわざ競馬場に来るのはわしみたいな時代おくれのやつらだけだ。

若いころ、わしはよくレース前日に競馬新聞を買って、熱心に研究したものだ。六時か七時にはトラックに行き、朝の調教《ちょうきょう》を見学した。自分の目で馬たちを見ておきたかったのさ。おまえの父さんが子どものころにも、よくハリウッドパーク競馬場に連れていったよ。わしらの住んでたアパートから数キロしかはなれてなかったからな。わしらはいつもバスを使った。オースティンはバスに乗るのを楽しみにしていた。

自分でいうのもなんだが、わしはそうとうな予想屋だった。たいてい、勝ち馬を二、三頭、予想できた。だが、わしのいちばんの問題は――こいつはおまえの父さんが指摘《してき》したことだった。あいつは自分はなんでもわかってると思ってるからな――わざとひねった買いかたをすることだった。たしかにわしは本命馬《ほんめいば》にはけっして賭《か》けなかった。いつでも、本命を負かす馬をさがした。ユミ、オッズが高くなればなるほど、配当金《はいとうきん》が大きくなるんだよ。一か八かに賭けるのが賭けごとってもんだ。だから、わしはたくさんの金をすった。だが、勝つときは大きく勝った。わしにいわせれば、時代がどれだけ変わったって、それが正しい賭けごとのやりかただ。ほかの賭けかたはつまらんやつのすることだ。そういう中途半端《ちゅうとはんぱ》なやつが手にするささいな金を「はした金」って呼ぶのさ。

競馬をするときにまずおぼえておかなきゃならないだいじなことがふたつある。品性《ひんせい》と平《へい》常心《じょうしん》だ。わしがこんなことをいっても説得力《せっとくりょく》がないと思うだろうがな。これからはじまるのはステークスレースだ。すべてのレースのなかでいちばんレベルの高い競争だよ。ほかにも、勝利経験《しょうりけいけん》の少ない馬が出走《しゅっそう》するアローアンスレースと、馬を売却《ばいきゃく》することを目的としたクレーミングレースがある。

頭がごちゃごちゃになった？　すこし先をいそぎすぎたかもしれんな。わしがおまえにほんとうにつたえたいことがここにはある。競馬がおまえに教えてくれること、わしに教えてくれたことがある。そいつは、勝つにしろ、負けるにしろ、冷静さを保てということだ。いわゆる「どんな状況《じょうきょう》下でも優雅《ゆうが》さをわすれるな」ってやつだ。それこそ、ほんものの紳士《しんし》のしるしさ。こいつは淑女《しゅくじょ》にもあてはまるぞ。わしにいわせれば、だれかの人間性を知りたかったら、競馬場に連れてくることだ。そいつの勝ったときの反応と負けたときの反応を見ればすべてがわかる。性格がもののみごとにあらわれるからな。競馬が人間をつくるってわけじゃないが、本《ほん》性《しょう》をあばくのはたしかだ。それこそ、知っておく価値のあることだぞ、ユミ。わしのいってることがわかるか？

ほら、おまえに二十ドルやろう。ぜんぶで九レースあるから、各レースに二、三ドルずつ賭けられる。だが、もちろん、おまえの好きな賭けかたをすればいい。なに？　ぜんぶブリキ《ティン》のきこり《マン》に賭けたいだと？　やつの名前が『オズの魔法使《まほうつかい》』の登場人物と同じなのが気にいった？　ヒッヒッヒッ。おまえはおもしろいやつだな。それにがんこだ。ああ、かまわんさ、おまえの金だからな。だが、なあ、ほかの馬のデータも見ておきたくないか？　ミルクイットミックはどうだ？　レベルレベルもいいぞ。夢《アドリームイズボーン》が生まれるも有望《ゆうぼう》かもしれん。たしかに古くさい名前だとは思うが、過去の成績《せいせき》を見てきめるのもだいじなことだ。

ユミ、おまえを見てるとときどきおまえの父さんを思い出すよ。あいつは追いこみ馬に賭けるのが好きでな。ずっとどんじりを走っていて、ゴール近くでもうれつに追いあげる馬だ。そういう馬はまさしく飛ぶように走るぞ。ベルモントステークス〔訳註：アメリカクラシック三冠のひとつ〕でセクレタリアトが勝ったとき、オースティンは何時間もテレビにへばりついて、レースの録画映像《ろくがえいぞう》を見ていたよ。セクレタリアトはほんとうに美しい馬だった。二千四百メートルを二分二十四秒で走った。二着の馬に三十一馬身《ばしん》もの差をつけた勝利だったのさ。それまでの記録《きろく》をすべてやぶっちまった。おまえの父さんは十二歳だった。オースティンがよろこびのあまりにわしに抱《だ》きついてきたのはそのときが最後だ。ああ、あいつは全身の力をこめてわしにしがみついてきたよ。

そろそろ、わしの人生の話を再開するか。ただし、話すのはレースの合間だけだぞ。一レースはせいぜい一分か二分だが、世界でもっとも興奮する時間だ。「スタートしました」ってことばは、世のなかでいちばん美しいことばさ！　レースとレースのあいだは三十分空く。そのあいだにつぎに賭ける馬をきめるんだ。ほんとうにティンマンにぜんぶ賭けるのか？　おまえはもう玄人《くろうと》の賭けかたをするわけだな。よし、好きにするがいい。

おまえに聞かせるような話はもうあまりない。おまえの父さんが生まれたあと、ヒロコは毎日仕事に行き、わしは赤んぼうと家にいた。いまじゃ「主夫」をやるってのはひとつの流行になってるが、あのころははずかしいことでしかなかった。だが、わしはなんとか、自分の気もちに折りあいをつけ、せいいっぱいのことをした。すくなくとも自分のおやじより父親らしい父親になる努力ぐらいはできるだろうと考えたんだ。そして、オースティンのおかげでそうできた。わしは自分の人生がそんな方向に行くとは考えもしなかったが、それがわしにくばられたカードだったのさ。だから、わしはそのカードでできるだけのことをした。

わしはオースティンの世話をし、あいつが腹《はら》をすかせることがないようにしてやった。わしは料理の才能はなかったが、朝はピーナッツバターサンドをつくってやり、コーヒーを飲ませ、そのあとは公園に行ったり、ヒッピーたちのデモ（六〇年代にはひんぱんにやっていたんだ）を見物しに出かけたりした。それから、政治についてやその日起きた世のなかのできごとについて話してやった。オースティンはもの知りの子どもになった。わしらは週に二、三度、競馬にも行った。あいつは競馬場で育ったようなもんだ。一種の学校だからな、競馬場は。みんながあいつの顔をおぼえたよ。それで、運をつけるためだといって頭をなでた。いつもこぶつきであらわれたから、わしは常連《じょうれん》からはさんざんからかわれた。だが、すぐにそんなことはだれも気にかけなくなった。

ふりかえってみると、そのころは矢のごとく時間がすぎた。気がつけば、オースティンが小学校にかよいはじめて三、四年がたとうとしていた。あいつはできのいい生徒だった。ヒロコが妊娠中《にんしんちゅう》に魚を食べたせいだろう。ずいぶんと小さなころから本を読みはじめた。四歳のときにはもう競馬新聞を読んで予想をたてていたよ。五歳になると、わしと『ロサンゼルス・タイムズ』のとりあいをするようになった。毎朝、新聞をとるとまずはあいつにスポーツ面をわたしてやるんだ。そうじゃなけりゃ泣きわめいたからな。あいつはバスケットボールに夢中だった。小さいくせに、公園に行くと、体の大きな子どもたちのゲームにまざりたがった。アウトサイドシュートもなかなかうまかったしな。

オースティンはものごころついたときから、人の助けを借りるのが好きじゃなかった。なんでも自分でやるといいはった。あいつはそういう子どもだったんだよ。ほこりが高くて、がんこでな。ユミ、おまえとそっくりだ。それに、だめだといわれるのがなによりきらいだった。そこには手を焼いたよ。なにしろ、わしとヒロコはあいつにはたくさん「だめだ」といわなけりゃならなかったからな。金がなかったから、あいつのほしがるものはほとんど買ってやれなかった。ほかの子どもたちはみんなもっているものでもだ。はじめて自転車を買ってやるときもまるまる一年またせた。音楽のレッスンなど受けさせてやるよゆうはなかった。あいつは、お願いだから受けさせてほしいといったがな。いま、こうして話しているだけでも胸が痛くなってくるよ。

ヒロコはずっと工場で働いた。働いて、働いて、働きまくった。わしとオースティンはほとんどあいつの顔を見ることがなかった。わしらはメキシコ料理屋の近くのアパートで暮らしていた。寝室《しんしつ》がひとつしかない小さなアパートだ。オースティンに個室をあたえてやるために、わしとヒロコは居間《いま》のソファベッドで寝た。ヒロコは仕事から帰ると、毎晩、わしとオースティンが眠ったあとまで料理とそうじをした。なんど、やらなくていいといっても、手つだおうといっても聞きやしなかった。前にもいったが、あいつは眠らない女なのさ。

ともかく、わしはせいいっぱいオースティンを育てた。ほかの母親たちにまじって学校の会合にも参加したし、担任《たんにん》教師との面談《めんだん》にも行った（先生たちはわしをオースティンの祖父だと思っていたがな）。金曜の午後には図書館に連れていった。わしはすべきことはぜんぶやった。もっと多くの男がわしと同じことをすれば、戦争する時間なんてなくなるだろうよ。ある年のクリスマス近くに、わしは郵便局《ゆうびんきょく》で短期間の仕事をした。そのあいだは放課後にオースティンを学校までむかえに行ってやることができなかった。だから、あいつはひとりで帰ってきて、だれもいない家で五時半まで留守番をしていた。仕事をしてるあいだ、わしはそのことを考えると胸がつぶれそうになったよ。

こんな生活をしていていいのか？　わしはときどき、自分にそう問うことがあった。オースティンと家にいて、自分のしたいことをする自由がまったくないことに本気でいやけがさしてくる最悪の日々もあった。社会からとりのこされた気がして、ときおり、ひどく不安になった。いいか、わしはそのころ五十代だったんだ。そして、それまでの人生を自分の思うままに暮らしてきたんだよ。だが、わしはオースティンの世話をなんとかやりとげた。いまはそうできてよかったと思ってる。子育てに専念《せんねん》できる男なんてそうはいないだろうからな。わしの知るかぎりじゃ、わしの年代でそれをやったやつはほかにはいない。

じっさい、子育てほどはたから評価《ひょうか》されないものはない。だが、いいか、ユミ？　わしはもう一度やれといわれたら、ためらわずにやるよ。これまでの人生で、オースティンを育てたこと以上にわしがほこりに思うことはない。これはほんとうに正直な気もちだ。ただ、わしはいまでもあいつとは相棒《あいぼう》のような関係でいたかったよ。あいつが幼《おさな》かったころのようにな。ふたりの関係がどうしてこんなふうになっちまったのか、わしにはわからん。だが、セクレタリアトが優勝したあのレースのとき以来、あいつは二度とわしに抱きついてくることはなかった。

おお、ユミ、つぎはいよいよおまえのレースだぞ。さあ、窓口に行こう。ああ、そうだ、まちがいない。たしかにこの子はそういったよ。ティンマンに二十ドル、とな。

第八章　三月

あたしは七割くらいのメンバーがあつまったオーケストラの前に立って、エイプリルフールのコンサートへのやる気をふるい起こさせようとしている。本番までもう二週間もないのに、みんな、すっかり練習する気をなくしてしまったみたいだ。

「校長がまたコンサートを中止するっていいだすかもしれないじゃない！」ゾーイがファゴットをおろしながらいった。

「ねえ、前にも話したよね？」あたしはいった。「校長は契約書《けいやくしょ》を書いたんだよ。署名《しょめい》もしたし。ほら、ここにあるでしょ？」

「校長が契約をまもらなかったとしても、おれたちになにができるんだよ？」トロンボーンのひとりが大声でいった。「裁判《さいばん》にでもかけるのか？」

「首をはねろ！」アレックス・パヴェルが芝居《しばい》がかった声で宣言した。チェロの弓でギロチンのうごきをまねしてみせる。

みんなくすくす笑って、校長をうったえる話でもりあがりはじめた。しまもようの囚人服《しゅうじんふく》を着て牢屋《ろうや》にいれられている姿《すがた》まで思いうかべたりして。

みんなの集中力のなさにあたしはだんだんくじけそうになってきた。コンサートが一か月半延期《えんき》されたことで、練習時間がふえて、演奏《えんそう》がよくなると思ったのに。悪くなるんじゃなくて。でも、ぜんぜんだめ。みんなのなかからなにかがうしなわれてしまったらしい。それをどうやってとりもどしたらいいのかあたしにはわからない。

今夜は母さんと深夜のフライトでニューヨークに行くことになっている。ティア・パロマとイザベルがとうとうグアテマラからもどってきたから、会いに行くのだ。早くイザベルに会いたい。ソールはずっと、あきらめるな、ほしいものはかならず手にいれろ、妥協《だきょう》はするんじゃないっていいつづけてるけど、それを手にいれるためには、自分ほどの決意《けつい》も熱意《ねつい》もない六十三人の仲間の協力が必要な場合はどうしたらいいの？

「コンサートなんてやめたほうがいいんじゃない？」ルーシー・キムがいった。

「あたしたち、なにかかんちがいしてたのかも」ヴァイオリンのひとりがいう。

「おれらの演奏、バレンタインデーの前より確実《かくじつ》にへたになってるしな！」いちばんうしろの列にいるトランペットたちが泣きごとをいった。

「だいたい、こんなの意味ないわよ」カーラが断言《だんげん》するようにいう。「あたしたちはあと数か月で卒業しちゃうんだから。自分たちがいなくなったあとのことなんて、どうでもいいんじゃない?」

「そうだけど、でも、やっぱりコンサートはやらなきゃ」あたしはなんとか反論しようとした。

「だって、あたしたちはアーティストなんだから」

あたしはイーライのほうを見た。でも、イーライはチューバでお得意《とくい》のおならの音を鳴らすことすらしてくれなかった。全員がもうどうでもいいというムードだ。だけど、あたしはなんとかみんなを指揮《しき》しなくちゃいけない。あたしは「たすけ舟を出して」という目でクインシーのほうを見た。でも、クインシーは肩をすくめただけだった。「おれたちにできることはもうないよ」っていうみたいに。もう、どうしたらいいの? 全体練習に使える時間はあと十分しかない。なにをいえば、みんなにやる気をおこさせられる? このコンサートがどれだけ重要か、卒業するあたしたちにはどうでもよかったとしても、これから入学してくる子たちにとってオーケストラの存在《そんざい》がどれほどだいじか、どうすればわかってもらえる? それとも、もうあきらめてこのままみんなを家に帰したほうがいいの?

ちょうどそのとき、母さんがファッジブラウニーののった大きなお盆《ぼん》をもって講堂《こうどう》のうしろのドアからはいってきた。みんな、楽器をさっさとおろして、母さんのところに走っていき、一度に二、三個、ブラウニーを手につかんだ。母さんはジムといっしょだった。ジムはばかみたいににこにこしていて、みんなに愛想《あいそ》をふりまいていた。ジムは、ここのところ、ほぼ一週間おきにテキサスから飛行機で来ている。わずらわしいったらない。それに、みんなにジムがあたしの父親だなんて思われたくない。母さんはあたしを見て、すぐにどういう状況《じょうきょう》かをさっしたらしい。それほど、あたしはみじめな顔をしていたんだろう。

「ねえ、みんな、聞いて」母さんはいつもより強いニューヨークなまりでいった。「今日はとってもスペシャルなお客さんを連れてきたの」

母さんはなにかたくらんでるのにちがいない。と、とつぜん、母さんがなにをしようとしているのかわかった。でも、ほんとうにそんなことがうまく行くの？　あとでみんなに、裏切《うらぎ》り者って責《せ》められない？

「紹介するね。こちらはジム・ホルマンさん」そういったあと、あたしはつけくわえた。「ホルマンさんはテキサスのオースティンでオーケストラの指揮者をしてるの。今日はあたしたちの演奏を聞いてもらうために来ていただいたんだ。アドバイスをもらおうと思って。ホルマンさんは毎年、夏に青少年交響楽団《こうきょうがくだん》が参加するオーケストラフェスティバルをひらいてる。だから、もし、あたしたちの今日の演奏がよければ、フェスティバルに招待してくれるかもしれない」

ジムは完全にとまどっていた。目をまるくして、母さんのほうを見ている。

「ホルマンさん、いいですか？」あたしはせいいっぱいプロの指揮者を気どってジムにきいた。オーケストラのみんなはあぜんとしていた。ブラウニーを押しこんだ口をぽかんと開けている。これはだれもが予想しなかったサプライズだった。あたしだってこんな展開《てんかい》、思ってもみなかったもの！

「みんな、早くステージにもどって」あたしがいうと、みんないそいでブラウニーを飲みこんで、あわてて位置についた。もしかすると、演奏の前に牛乳をくばったほうがよかったかも。たぶん、みんなの口のなかは緊張《きんちょう》でからからにかわいていただろうから。

あたしは指揮台にのぼって、いまだにおどろいた顔をしているジムのほうをちらっと見た。でも、出だしの音からオーケストラが息を吹きかえしたのがわかった。「アナーキー・イン・ザ・UK」がいつもと段ちがいにいい曲に聞こえる。クインシーはコントラバスをダイナミックにかき鳴らし、すばらしいソロをこなした。ヴァイオリンたちは、すっかりやる気をうしなっていたルーシー・キムをふくめて、この一か月でいちばん情熱的な演奏をしていた。三列目の席にすわっている母さんが、いすをぎしぎしいわせながら、音楽にあわせて体をゆらしている。たぶん母さんはだれよりもこの演奏を楽しんでいそうだ。トランペットたちはついに息が合い、二、三度、音をはずしたものの、最後まで力強く吹きまくった。こんなにかっこいい演奏ができるなんて！　たったひとりでも観客《かんきゃく》がいてくれれば、難局《なんきょく》がのりきれるのだ。それにしても、あたしたちはどうしていつも外部の人の力を借りないと、全力を出せないんだろう。

曲がおわってあたしが指揮棒《しきぼう》をおろすと、みんな興奮《こうふん》で顔をまっ赤《か》にしていたけど、ひとことも声を発さなかった。さあ、判定《はんてい》を聞くときだ。ジムはあたしのほうを見た。あたしたちが演奏したのがパンクロックでもまったくひるんでいるようすはない。これまでずっと、シド・ヴィシャス〔訳註：イギリスのパンクロッカー〕じゃなくてバッハやベートーヴェンを聴《き》いて生きてきたのに。あたしは感心した。

「まず、今日ここに私を招待してくれたユミ・ルイス＝ハーシュに感謝《かんしゃ》したい」ジムはいった。「彼女ほどひたむきなオーケストラ指揮者は見たことがない」

　みんながジムへの同意をあらわすために足をいっせいにふみ鳴らした。ええっ？　あたしははずかしくなった。きっといま、あたしの顔はまっ赤にちがいない。

「それから、きみたちウィルトン中学校のオーケストラを、七月にオースティンで開催《かいさい》する第四回青少年交響楽団フェスティバルに正式に招待させてほしい。ダンスパーティーで演奏してくれる楽団をさがしていたんだ」

　みんな自分たちのいわれていることがすぐには信じられなかった。しんとしずまりかえったなかでアレックスがチェロの弓を落とした。とうとう、イーライがチューバであのおなら音《おん》を鳴らした。すると、みんながいっせいによろこびの声をあげ、大さわぎがはじまった。

「ところで、ささいなことだけれど、いくつかアドバイスがあるんだ」ジムがさわぎに負けないよう声をはりあげていった。「パンクロックを演奏するんなら、弓はもっと弦《げん》の駒《こま》に近づけたほうがいいね……」

　うん、もしかするとやっぱりすべてうまくいくのかもしれない。

飛行機が滑走路《かっそうろ》を走り、夜空に飛びたってからも、あたしはまだオーケストラのことを考えていた。あたしと母さんは明日の早朝にはニューヨークに着いているだろう。そして週末から三日間むこうですごす。つまり、月曜日は学校を休むということだ。もし、母さんにあたしをいたわる気もちがあれば、火曜日も休ませてもらえるかも。あたしたちはふたつの理由があってニューヨークに行く。ひとつは、母さんの処女小説《しょじょしょうせつ》『ココナッツ・フラン』が舞台化《ぶたいか》されて、ブロードウェイの小さな劇場《げきじょう》で上演《じょうえん》されることになったから、その初日の舞台を見るため。そしてもうひとつは、イザベルの洗礼式《せんれいしき》に出席するため。ティア・パロマからは式のときにクラリネットを吹いてほしいとたのまれた。式は教会でおこなわれる。おばあちゃんとおじいちゃんもマイアミから来る。それからいままで話にすら聞いたことがなかった、親せきの人たちもお祝いのためにあつまるという。

母さんはとなりの窓ぎわの席にすわって、詩集を読んでいた。そして寝《ね》る前に、あたしにすこしその本の話をした。母さんはあたしにも読ませたがったけど、あたしは気もちがそわそわして読めそうになかった。すると、かわりに母さんが本の一編《いっぺん》を朗読《ろうどく》してくれた。

私は腰《こし》をおろした

時のはざまに

静寂《せいじゃく》の淵《ふち》に
そのなみはずれた大きさの環《わ》のなかで
明るい星々が
浮遊《ふゆう》する十二の黒い数字に衝突《しょうとつ》した

母さんはあたしの手をとり、ほっぺたにおやすみのキスをした。「すこしのあいだ、日常のやっかいごとをわすれましょう、ミ・アモール」母さんは眠そうな声でささやいた。「あなたはがんばりすぎなくらいに一生けんめいやってきたわ。だから、この週末のひとときはあなたのもうひとつの家族――キューバ系の家族とのんびりすごしましょう」そういいおわると、母さんは眠りに落ちた。小さな飛行機用枕《まくら》に頭をもたせかけ、やわらかな寝息をたてて。

あたしは窓の外の暗やみを見つめた。あたしの手のなかの母さんの手はまだあたたかい。ふと考えた。もしかするとあたしはいまここにはいなかったかもしれない。だって、父さんと母さんが出会っていなければ、あたしはこの世に存在しなかったんだから。そうしたら、いまごろ、まだ宇宙のどこかをさまよいながら、地球に呼ばれるのをまっていたのかな。それとも星の一部か宇宙のちりのひとつぶになっていたかな。この世のほとんどすべてはせんじつめれば偶然《ぐうぜん》と信仰《しんこう》の飛躍《ひやく》からなりたっているのよと母さんはいってた。「科学者にもわたしたちがどうやってこの世に存在するようになったのかはよくわかっていないんだから。もちろん、いろんな学説《がくせつ》があるけど、それでも決定的なことはだれにもいえないのよ」

ソールがいちばんうまくこのことをいいあててるんじゃないかな。「安易《あんい》なこたえを信じるくらいなら、不確かさをかかえたまま生きたいが、けっきょくはなにかを心のよりどころにしなけりゃ、人間は生きていけないのさ」そのとおりだと思う。この数か月のあいだにソールはたくさんのことを話してくれた。いままでソールの話をこんなにたくさん聞いたことはなかった。もし、話を聞かせてほしいとたのまなかったら、いまだにあたしはソールの人生についてなにも知らないいまだったろう。そして、きっと自分のこともあまり知らないままでいたにちがいない。

あたしはヘッドホンをつけ、機内番組のチャンネルをつぎつぎと変えていき、天気チャンネルで手を止めた。そして、ジムが異常《いじょう》に雲の形にくわしいことを思い出してくすくす笑った。母さんの詩の本を手にとって、ぱらぱらとめくりはじめる。なにかいい詩が見つかるかなと思ったけど、胸にひびいてくるものとは出会えなかった。だんだん眠くなってきて、あたしは母さんにぴったりとよりそった。オーケストラのことも、ソールのことも、クインシーや引っこしのこともみんなわすれて、いまは頭をからっぽにしよう。母さんが半分眠ったままあたしの体にうでをまわした。そして、あたしも眠りに落ちた。

目がさめると飛行機がニューヨークに着くところだった。あたしは極度《きょくど》の疲労《ひろう》と何時間も不自然な姿勢《しせい》で寝ていたせいで首が痛くてぼんやりしていた。また、フクロウの夢を見た。こんどはフクロウはなにもいわずにあたしをただ見つめていた。すっごくぶきみ。飛行機をおりると、母さんはてきぱきうごいた。荷物を受けとって、タクシーをつかまえて、かさを出す――なにひとつしわすれることがない。あたしは眠気《ねむけ》で頭がぼうっとしているのに母さんがせわしなくつぎからつぎへと用事をすましていくからうんざりした。さいきん、母さんはほぼ一日じゅうこんな感じなのだ。

　とつぜん父さんのことが恋しくなって、ま新しい携帯《けいたい》電話をとりだし、電話をかけた（母さんはとうとう折れて、二週間前にあたしにも電話を買ってくれた）。ロサンゼルスは朝の四時だから、父さんは起きているはずなのに、留守番電話につながった。父さんは応答《おうとう》メッセージを新しくしていた。「きみの靴箱《シューボックス》になりたい」のとちゅう部分をうたっている。

きみのせっけん箱《ソープボックス》になりたい
きみの足首丈の靴下《ボビーソックス》になりたい
きみのアカギツネ《レッドフォックス》になりたい
きみのスモークサーモンのベーグルサンド《ベーグルズ・アンド・ロックス》になりたい

ねぇ、ベイビー、きみの靴箱《シューボックス》になりたいんだ父さんの声は元気がなく、さびしげだった。あたしはロサンゼルスをはなれると、いつも父さんのことが心配になる。あたしがいれば、父さんはすくなくともベッドから出て、あたしを学校まで送っていき、ちゃんとあたしに食事をさせないといけない。あたしの存在によって父さんの生活にはリズムができる。それがどんなにくずれやすいリズムだったとしても。ひょっとすると、ピアノの調律《ちょうりつ》の仕事が一、二件はいったくらいじゃ、たとえ、たくさんお金がもらえるとしても、父さんはベッドから出てこないんじゃないかと思う。父さんはお金のためにうごいたりはしない。基本的にはそれはいいことだと思う。でも、そう思えるのは、あたしにはお金のめんどうをちゃんと見てくれている母さんがいるからだろう。あたしはいままで食べるものにこまったり、学校のイヤーブックや洋服なんかを買えなかったりしたことは一度もないから。

母さんがタクシーの運転手ともめている。ブルックリンのティア・パロマの家へ行くのに運転手がえらんだ道が気にくわないらしい。「どうしてロングアイランドエクスプレスウェイじゃなくてベルトパークウェイを使うのよ！（ニューヨークでは高速道路《フリーウェイ》をエクスプレスウェイというのだ）」母さんは、十ドル負けなさいよとすごんだ。運転手は母さんが危険《きけん》人物だと察《さっ》知《ち》したらしい。だって、信じられないことに、十ドル負けることを受けいれたのだ。タクシーはずっと海ぞいの道を走っていた。きれいな海。サーフィンにはあんまりむかなそうだけど。どんよりとくもっていて、空と海はみごとな灰色のグラデーションをえがいている。砂浜の上をカモメたちが舞《ま》い飛んでいる。そして、鳥の大群――カナダグースよ、と母さんがいった――が北にむかっていた。つばさをけんめいにはばたかせながら。

ティア・パロマはあたしたちの顔を見ると大よろこびして、アパートの三階にある部屋に案内してくれた。すさまじい量の朝食が用意されていた。三種類のシリアル、パイナップルジュース、大皿に山のように盛られたいろんな種類のベーグル、バター、クリームチーズ、ケッパーをそえたスモークサーモン、スクランブルドエッグ、何種類ものマーマレード、大きな深皿いっぱいのフルーツサラダ。イザベルがさわぎに目をさましました。あたしたちはすぐにイザベルの部屋に飛んでいった。ベビーベッドにはぬいぐるみがあふれかえっている。

イザベルはびっくりするほど大きくなっていた。グアテマラにいたときの三倍は大きくなっていそう。ティア・パロマはきっとひっきりなしにイザベルにミルクをあげてるんだろう。イザベルはまゆ毛も太くて黒い。去年ロサンゼルス・カウンティー美術館で見たフリーダ・カーロの自画像《じがぞう》みたい。イザベルのまぶたはすごくやわらかそう。肌《はだ》の下の細い血管《けっかん》がうっすらと青く見える。イザベルは自分の部屋に知らない人間がいるのを見て、とまどい、泣きだした。ティア・パロマにしがみついて、首をふっている。黒い巻き毛がふわふわゆれる。あたしはイザベルを抱《だ》きしめて、いいたかった。だいじょうぶよ、かわいい赤ちゃん。あたしたちは新しい家族なの。だから安心して。

母さんは床にしゃがみこみ、ぬいぐるみのキリンを手にとった。そして、イザベルにそのキリンが故郷《こきょう》のアフリカにいたときの物語を聞かせはじめた。すぐにイザベルは母さんのところまではいはいしていって、物語に参加させようとどんどんほかのぬいぐるみをわたした。あたしも南極から来たペンギン役で参加した。さいしょ、低い声を出したら、イザベルがこわがったから、かん高くて楽しげな声に変えた。すると、イザベルは声を出して笑い、手をたたいて、もっと話せと催促《さいそく》した。イザベルが抱きついてくると、あたしはよろこびでめろめろにとけてしまいそうだった。

朝食のあと、あたしと母さんはイザベルの部屋のソファベッドですこし眠った。でも、五分おきにイザベルがあそんでくれとせがみに来た。とうとうベビーシッターが来て、イザベルを公園に連れていき、ティア・パロマも洗礼式のあとのパーティーの準備《じゅんび》のために出かけていった。ティア・パロマとは夜に劇場で会う約束をした。


どうしてそんなことになっちゃったのか、自分でもよくわからないけど、午後二時にあたしはマイアミのおばあちゃんといっしょに五番街の超高級美容院《ちょうこうきゅうびよういん》にいた。お昼を食べたあと、母さんは美術館めぐりに行ってしまった（あたしは美術館にはあんまり興味《きょうみ》がない）。それで、おばあちゃんに、今夜のお芝居見物《けんぶつ》のために髪《かみ》を切ってスタイリングしてもらいましょうと説《せつ》得《とく》された。美容師はガリガリにやせていて、いかにもニューヨークのお店らしく全身黒ずくめのかっこうをしていた。アンソニーという名前のその美容師は、おばあちゃんにあたしを紹介されると、いきなり「まあ、おじょうちゃん！　これじゃだめ、だめ、だめ、だめ、だめ、だめ！」といった。もしかしたら、もっと「だめ」をいっていたかも。なんだかいやな予感。

あたしは顔やスタイルにはあまり自信がないけど、髪は自慢《じまん》に思っている。ロサンゼルスではいつもみんなから髪をほめられる。母さんのすごくおしゃれな女友だち――極端《きょくたん》なほどの菜食主義者《さいしょくしゅぎしゃ》でもある――は会うたび、ぜったいに髪を切っちゃだめよという。あたしの髪はウェーブヘアで、ブロンドが日に焼けてところどころハイライトをいれたように明るくなっている。長さは腰近くまである。まあ、たしかにすこし乾燥《かんそう》はしてるし、枝毛《えだげ》もあるけど（あたしが枝毛をいじってると母さんはすぐにあたしの手をはらう）。でも、そんなのたいしたことないじゃない？　アンソニーがあたしの髪を二度シャンプーし、三度リンスし、卵をぬりこみ、ひどいにおいがするドロドロしたものをパックし、カットし、ドライヤーでかわかし、ヘアスプレーでかためると、あたしはもういつものあたしじゃなくなっていた。鏡にうつってるのは、ビッグヘアー惑星からにげてきた宇宙人？

おばあちゃんはうれしそうにはしゃいで、とってもすてきよとあたしの耳もとでささやいた。美容院にいた人たち全員があつまってきて、あたしの変わりようにびっくりして「おーっ」とか「まあ」とかさけんだ。だれも――ただのひとりも――あたしに感想をたずねなかった。おばあちゃんはみんなに投げキッスをしながら美容院を出ると、高級デパート〈サックス〉にむかった。あたしはずっと、どこかでガスバーナーを買えないかなって考えていた。こんな髪、ぜんぶ燃やしちゃいたい。おばあちゃんは、新しいヘアスタイルに似あう服を買ってあげるわといった。それってどんな服？　ひょっとして、アルミでできた宇宙服？

デパートにはいると、とんでもなく長いエスカレーターに乗って上へ上へむかった。そして、タフタとシフォンとサテンとシルクとレースであふれかえるお店にはいった。十八世紀のヨーロッパの宮殿《きゅうでん》にタイムスリップしたの？　ぼうぜんとしていると、照明がやわらかい、鏡にかこまれた大きな試着室《しちゃくしつ》に連れていかれた。あたしはいかにもカリフォルニアの少女らしく、穴だらけのジーンズの上に柄《がら》スカートをはいて、お気にいりの黒と赤のクラッシュのTシャツを着て、クインシーがあたしをまだ好きだったころに描《か》いてくれたイカの絵がはいったボロボロのスニーカーをはいていた。服をぜんぶ脱《ぬ》ぐようにいわれて、あたしは気がつくといろんなドレスをつぎからつぎへと着させられていた。それも綿菓子《わたがし》みたいにふわふわしたドレスばかり。

それにしても、だれがこんな服を着るの？　おばあちゃんはかん高い声で楽しそうに話しだした。「良家《りょうけ》のむすめさんたちは社交界にデビューするときにお披露目《ひろめ》パーティーをひらくのよ。ラテン系の女の子たちは十五歳になるとキンセアネーラというお祝いのパーティーをするし。あの暴君《ぼうくん》が国をのっとってめちゃくちゃにする前は、キューバでもいろんなパーティーがひらかれてたんだから」でも、あたしはほとんど聞いてなかった。お姫さま姿のバービー人形が着ているようなドレスを着て、試着室からよろよろと出る。おばあちゃんはスペイン語で「完ぺきだわ！《ペルフエクト》」といった。あたしが反対するまもなく、おばあちゃんはドレスを買い、シンデレラのガラスの靴《くつ》みたいなヒールのついた靴も買い、きらきらひかるストッキング（ストッキングって生まれてから一度もはいたことがない！　ロサンゼルスではみんな冬でも素足《すあし》だから）も買った。そして、なんでもはいっているハンドバッグのなかにカメラがあったことを思い出し、「新しいユミ」の姿を写真におさめさせてちょうだいといった。あたしはまだ自分のなかにのこっている「むかしのユミ」の勇気をふりしぼって首を横にふった。

「お願いよ、《ポル・フアヴオール》ミ・アモール」おばあちゃんは必死にたのんだ。「たった一枚でいいのよ。マイアミのお友だちに見せたいの。わたしにはこんなに美しい孫がいるって自慢したいのよ」

「いや」あたしは小声でいった。

おばあちゃんはカメラをかまえて、フラッシュボタンをいじりはじめた。

「いや」あたしは首をふりながら、さっきよりすこし大きな声でいった。

それでもおばあちゃんはカメラをおろさず、ピントを合わせはじめた。あたしのほうを見てにっこりほほ笑む。まっ白に脱色《だつしょく》した歯を見せて。

「いやだってば！」あたしはさけぶと、おばあちゃんの手からカメラをはたき落とした。

もちろん、事態《じたい》はいいほうにはむかわなかった。あたしはお芝居鑑賞用《かんしようよう》にもってきた自分の服に着がえて、おばあちゃんとはすこし距離《きより》をおいた。おばあちゃんはきぜんとしつつも、傷《きず》ついているような、同情をさそうような態度をとった。あたしはかぞえきれないくらいあやまったけど、おばあちゃんはゆるしてくれなかった。母さんはもうれつにあたしをしかった。「暴力《ぼうりよく》にうったえるなんて最低よ」といって。あれは正当防衛《せいとうぼうえい》だったのに。あのとき、カメラはおばあちゃんの足の上に落ちて、指の骨が折れてしまったのだ。おばあちゃんは救急処置《きゆうきゆうしよち》室《しつ》にかつぎこまれた。そしてこれ見よがしに大きな包帯《ほうたい》を足に巻いて出てきた。おばあちゃんは母さんとおじいちゃん以外には自分で足にカメラを落としたのだと話した。話しているあいだ、すっごくこわい目であたしをにらみつけていたけど。「うしろめたい」ってこんな気分？

劇場に着くと、お芝居がもうはじまるところで、母さんは大歓声《だいかんせい》にむかえられた。お客さんたちは、舞台初日の夜に原作者の母さんが来ていることに興奮していた。ふしぎ。母親が有名人だなんて。小さいころ、あたしは母さんみたいになりたくて、ちょっと変わった登場人物が出てくる短いお話をよく書いていた。そのうちのひとつをいまでもおぼえている。歩きかたがおかしな男が主人公で、近所に住む人たちもしだいに歩きかたがおかしくなってくるという話だった。

『ココナッツ・フラン』はひとり芝居だった。演《えん》じるのは長いウエーブヘアのペルー系スウェーデン人の女優《じよゆう》さんだ。あたしは思わず自分の髪に手をやった。肩にかかる長さに切りそろえられていて、まだヘアスプレーでべとべとしている。その女優《じょゆう》さんは本に出てくる四人の主な登場人物をひとりで演じわけた。その四人はキューバ人の女性で、みんな血がつながっている。そして全員、変わり者だった。四人のなかでいちばん若いヨリがしゃべるシーンが断《だん》トツに多い。お芝居を見ているうちに、あたしはしだいにそわそわと落ちつかなくなった。ヨリという名前がユミに似ているから、見ている人たちがあたしのことだと考えるんじゃないかと思ったのだ。ヨリはあたしと同じでパンクが大好きで、あたしが母さんとけんかするときみたいに、母親とけんかする。それにあたしのようになんでもものごとを深刻《しんこく》に受けとめる。

母さんはあたしの心を読みとったらしく、あたしの耳もとでこうささやいた。「ユミ、心配いらないわ。だれもあれがあなただなんて思わないから。この物語は七〇年代が舞台なの。だから、むしろ、ヨリはあたしなのよ」

それでも、あたしは劇場からにげだしたい衝動《しょうどう》にかられた。だけど、あたしがすわっているのは、舞台のまん前の一列目だ。それに、原作者のむすめが悲鳴《ひめい》をあげながら、出口に駆《か》けていったらみんなどう思う？　あたしは目を閉じて、せりふもなるべく耳にいれないようにした。お客さんたちの笑い声が聞こえる。おばあちゃんとティア・パロマまで笑ってる。ほかの親せきの人たちもみんな。どうしてあたしひとりがこんな思いをしてるの？　そう思ったときにふと気づいた。自分の母親の作品じゃないから、みんな笑えるんだ！　もし舞台から聞こえてくるのが、いつも母親が自分にわめきたててるのと同じことばだったら、こんなふうに笑ってなんかいられないはず。

さいわい、お芝居は一幕《いちまく》ものだった。女優さんはスタンディングオベーションを受けた。お客さんたちが、しつこく求めたから、母さんはしぶしぶ舞台にあがって拍手《はくしゅ》にこたえ、あたしにもあがってくるようううながした。そして質疑《しつぎ》応答の時間になった。みんなが母さんに、登場人物のことや、この物語が生まれたきっかけや、仕事のすすめかたについて質問した。母さんはユーモアたっぷり、魅力《みりょく》たっぷりにこたえた。みんな、母さんのことが気にいったみたい。こんなふうに母さんを見るのってへんな感じ。あたしにとっては、ただの母親だけど、ほかの人たちにとっては母さんはまったくべつの存在なのだ。ほんものの作家で、質問されたり、賞《しょう》賛《さん》されたりする存在。母さんはヨリという登場人物はむすめのユミとは無関係だと強調してくれた。よかった。ありがとう、母さん！　それから、司会者が、「ユミに質問のある人はいるかしら」といった。

なんで、あたし？　あたしはとまどったけど、みんなはほんとうにあたしにも興味があるらしかった。だからあたしは、パンクが大好きなこと、クラリネットを吹くこと、ヴェニスの海岸でサーフィンをしていること、そして、ニューヨークの大学にかよいたいと思っていることを話した。それから、すこし照れくさかったけど、オーケストラを存続《そんぞく》させるために資金《しきん》あつめのコンサートを計画していることや、おじいちゃんのソールが自分の行動の原動力になっていることを話した。ほんとうはクインシーのことも話したかったけど、さすがにしゃべりすぎだろうと思ってやめておいた。あたしはうしろのほうの席にすわっているお年よりの女性の質問にこたえた。「将来、なにをしたいかはまだわかりません。でも、前に親友のヴェロニクとウィジャボード〔訳註：降霊術で使われる文字や数字を記した占い盤〕をしたときには、あたしは編集者《へんしゅうしゃ》になるっていうお告《つ》げが出ました」みんながいっせいに大笑いしはじめた。そして、まるであたしが天才かなにかのように大きな拍手をしてくれた。うーん、なんだかいい気分。うん、すごく気もちいい！

つぎの日はイザベルの洗礼式だった。みんな、式のためにブルックリンの教会にあつまった。おばあちゃんとティア・パロマはシルクのスーツを着ていた。おばあちゃんはうすい桃色のスーツで、こった飾《かざ》りのついた帽子《ぼうし》をかぶっている。ティア・パロマはエメラルドグリーンのスーツに同じ色のパンプスをはいている。でも、今日の主役はなんといってもイザベルだ。イザベルは十九世紀のヨーロッパのお人形さんみたいにひらひらのレースのベビードレスを着ている。そういえば、今日のイザベルそっくりのかっこうをした自分の赤んぼうのころの写真をソールがもっていた。いまとちがって、あのころの赤ちゃんはみんなふだんからこういう服を着ていたらしい。イザベルはかわいいボンネットもかぶっているけど、すぐにひもを引っぱって頭からとってしまう。おばあちゃんがしんぼう強くかぶせなおして、ひもを三重にむすんでも、イザベルはまたとってしまった。あたしはイザベルに強い連帯意識《れんたいいしき》を感じた。がんばれ、イザベル！　声に出していいたかったけど、こんどだけはしっかり口を閉じていた。

司祭《しさい》はくちびるをぜんぜんうごかさないで話した。でも、声は力強くてよくとおる。まるで、腹話術師《ふくわじゅつし》みたい。あたしはお祈《いの》りのことばはよくわからなかったけど、みんな、「アーメン」と「神をたたえよ」ということばをくりかえしつぶやいていた。お香《こう》がたかれていて、そばには水を満たした大理石《だいりせき》の洗礼盤《せんれいばん》がある。ボンネットがはずされたイザベルのおでこに、司祭が水をかけ、油をぬりつけた。イザベルの代母《だいぼ》（ティア・パロマは代父《だいふ》はえらばなかった）である母さんが司祭のあとについて誓《ちか》いのことばをいい、儀式《ぎしき》はおわった。

ティア・パロマがあたしのほうを見てうなずいた。クラリネットの演奏をはじめてという合図だ。あたしはモーツァルトのクラリネット協奏曲《きょうそうきょく》の第二楽章を吹いた。とても美しくて軽《かろ》やかだけどすごく複雑《ふくざつ》な曲だ。お祝いにはぴったりの曲（モーツァルトの曲はほとんどがそうだけど）。あたしのクラリネットから出た音は、教会の壁《かべ》とステンドグラスの窓に反響《はんきょう》して天井へと舞いあがり、すばらしい音の環をえがいてあたしたちのほうにもどってきた。みんな、じっと音楽に聞きいっている。あたしのかなでる音色は完ぺきで、あたしは息つぎさえもまったく意識していなかった。まるで指がひとりでにうごいてるみたい。いままで演奏したどのときよりもうまく吹けていた。演奏がおわると、あたしは気づいた。やっぱりここもあたしの居《い》場所《ばしょ》なんだ。母さんやおばあちゃんともしっかりつながっているんだな。ソールやヒロコや父さんとつながっているように。

ユミ、まず第一におぼえとかなきゃならんのは、ポーカーは〈ゼロ・サム〉ゲームだってことだ。つまり、おまえが勝てば、だれかが負けて、だれかが勝てば、おまえが負ける。勝つのはそりゃあまちがいなく楽しいことだ。だが、勝負《しょうぶ》をおりるタイミングというものも知っておく必要がある。こいつは確率《かくりつ》の問題だ。数学は苦手だと？　なにもロケット工学の話をしてるわけじゃない。いつなんどきこういうことが役にたつかわからんぞ。じっさい競馬場《けいばじょう》じゃ大勝ちしたじゃないか。まあ、たしかにわしのアドバイスを聞いて勝ったわけじゃないがな。ヒッヒッヒッ。おまえは将来、型やぶりの人間になるぞ！　だが、ルールをやぶるにはルールを知っておかなきゃならん。だろう？　いいか、ポーカーで勝つには、三つのものが必要だ。ずぬけた記憶力《きおくりょく》と人の心を読む力と度胸《どきょう》だ。度胸ってのは、勝ち目があるときには全財産を賭《か》けられる勇気のことさ。ためらうな。および腰のやつはぜったいに成功しやしないんだ。

オーケストラが調子をとりもどしてきてるそうじゃないか。わしもうれしいよ。おまえならやれるとわしにはわかっていたがな。わしのいうことがすべて正しいとはいわないが、タフなやつは見てすぐにわかる。ところで、最後に演奏する曲はきめたのか？　なに？　ないしょだって？　ビッグサプライズ？　まったく、おまえはたいしたやつだな。わしはちっとやそっとじゃおどろかん男だが、なにをいったっておまえは教えるつもりはないんだろ？　それならしかたがない。

さあ、トランプをくばるぞ。なに、お守り？　わしにとっちゃおまえがお守りだよ。おまえがいなけりゃわしの体はここまでもたなかっただろう。は？　お守りとしてわしのものがなにかほしいだと？　だが、わしにはもう、おまえにやれるような髪の毛はないしな。ヒッヒッヒッ。金のうで時計？　よし、わしが死んだら時計はおまえにやろう。おい、ヒロコ！　わしが死んだら、あのうで時計はユミにやってくれ、いいな？　とりあえずは、この小さな翡翠《ひすい》の仏像《ぶつぞう》をやろう。日本にいるときに買ったものだ。わしの馬がレースに出るときはかならずこいつをポケットにしのばせてた。さあ、もっておけ。大学に行くときにももっていくんだぞ。結婚するときは、ウエディングケーキの上にのっけろ。

ユミ、ヒロコがわしにいうことを聞いてみろ。あいつはいつも、あれを食べろ、これを食べろとうるさくてかなわない。「もう、お父さん、きちんと食べてくださいよ！」ってな。まるで子どもあつかいだ。もう、たえられん。すこし前までは上等なステーキとベイクトポテトを食うのが楽しみだった。ついでに厚切りパンだって腹《はら》にいれられた。だが、もう、なにを食ってもうまいと思えん。おがくずを口にいれてるのとかわりやしない。それに見てみろ。あいつのそうじ機のかけかたときたら。まるでわしが家具かなにかのように平気でまわりのゴミをズーズー吸いやがる。わしにはもう威厳《いげん》もなにもないのさ。なに？　ひげをそりたいだと？　これからユミとポーカーをやるんだよ。見たか、あの態度を？　あいつはわーのいうことをなにひとつ聞いちゃいないぞ。

この家じゃ、一日たりともおだやかに時間が流れやしない。まあ、おまえは気にならんだろ？　おまえのおばあちゃんはいまだに週に一度はわしのひげをそりたがる。むかしは毎日だったが、いまじゃ、わしのひげはたいしてのびないからな。あいつはわしの爪《つめ》も切るんだぞ。めんどうをよく見てくれてるのはわかるが、すこしやりすぎなところがある。「年老いた犬は寝かせておけ」ってことばを聞いたことがあるか？　そうさ、わしは年老いた犬だ。だから、横にさせておいてほしいんだよ。

人間はそりゃあ多くのことをくりかえしながら生きている。なんのためにだ？　信号が赤になり、青になって、また赤になるのと同じだ。止まれ、すすめ、止まれ、すすめ。考えると頭がくらくらするくらいなんども同じことをくりかえす。無意味なことをえんえんとな。いいか、ユミ、わしはほんとうはおまえに、なにかすばらしい真実をつたえてやりたい。おまえが時間をむだにしないですむような、つらい思いをしないですむような秘策《ひさく》を発見したといってやりたい。だが、人間は経験《けいけん》しなけりゃ学べないんだ。そうやってしか自分の身になる教訓《きょうくん》は得られないのさ。

さて、わしの人生について語るべきことはもうのこってないんじゃないか？　これといったこともなく一年一年がすぎていった。わしはおまえの父さんの世話をした。競馬に行った。新聞を読み、ニュースを見た。公民権運動《こうみんけんうんどう》のころにおまえがいればなあ。あれは見ものだったぞ。ニール・アームストロングが月面《げつめん》を歩いたときもな。それから、ベルモントステークスでセクレタリアトが勝ったときもだ。あのいんちき野郎《やろう》のニクソン大統領《だいとうりょう》が辞任《じにん》に追いこまれたときに、おまえといっしょに祝いたかったよ。そうさ、わしの生活は、ニュースを見て、競馬場に行き、おまえの父さんをまともに育てることで明け暮れた。

それでおしまいさ。あっというまに何年もの時がすぎた。ヒロコは働いて、そうじをして、料理をした。二、三年すると、中古のトヨタ車が買えるくらいの金がたまった。あいつはそのポンコツの車をたいそう自慢《じまん》に思っててな。いつもぴかぴかにみがいて、三千キロ走るごとに自分でオイルを交換《こうかん》した。わしはけっきょくアラスカにいたときのように車を運転することは二度となかった。カリフォルニアに移ってから免許試験《めんきょしけん》を一度受けたんだが落ちたんだ。わしはブルックリン育ちだろ？　ニューヨークの人間はどこに行くのも歩きか地下鉄かバスだ。運転できないなんてたいしたことじゃない。

さっきもいったが、おまえのおばあちゃんは自分の車を愛していた。そして、ときたま、わしらをサンペドロにドライブに連れていった。港のにぎわいをながめるためにな。港をながめてると、わしは子どものころにブルックリンの波止場《はとば》をうろうろしていたことを思い出した。いまじゃ、巨大なクレーンが香港《ホンコン》や日本から運ばれてきた貨車《かしゃ》をおろすのを見るのが好きだった。いまじゃ、輸入元はほとんど中国だがな。中国はあらたな超大国《ちょうたいこく》だ。

ヒロコはときどきオースティンを車で空港に連れていった。ロサンゼルス・レイカーズの選手たちに会わせるためにな。チームがほかの場所で試合をして飛行機でもどってきたところをつかまえるんだ。オースティンほど熱心なバスケットファンは見たことがない。当時はチケットも手ごろな額《がく》で買えたが、それでもわしらは一シーズンに一度しか試合には行けなかった。試合を見に行く日にはヒロコはよくごちそうをつくってくれたものさ。わしにはステーキ、自分とオースティンにはカレーライスだ。食事がすむとオースティンはレイカーズのジャージに着がえて、三人で車で競技場にむかった。車のなかじゃきまってラジオで流れる試合前の選手たちの声を聞いたもんだ。

わしらはずっとホーソーンで暮らしていた。だが、住むアパートはすこしずついいところになっていった。金の管理《かんり》はすべてヒロコがしていた。わしは内心不満だったが、もんくなどいえるはずもない。そのころのことをふりかえると、自分に腹がたつんだよ。あのままニューヨークにいるか、そうじゃなくとも、もっとけんめいに職《しょく》につく努力をすべきだった、とな。だが、あのころのわしはもう自分を年よりだと思っていたんだ。いま聞くとばかばかしいと思うだろうが、あのころは五十をすぎればもう年よりだと考えられてたんだよ。しかし、後悔《こうかい》してなんになる？　もし、わしがオースティンのめんどうを見なかったら、ユミ、おまえはここにいなかったかもしれないんだぞ。そうだ、けっきょくはすべておさまるところにおさまったのさ。

オースティンが高校にはいる前に、すでにわしらは自分たちの息子《むすこ》がとても頭のできがいいことに気がついていた。ときどき、頭のよさがあいつの人生のじゃまをしたんじゃないかと思うことがあるくらいだ。あいつは努力もせずにオールＡの成績表《せいせきひょう》をいつももち帰ってきた。

だが、すぐに悪い仲間とつきあいはじめた。サーファーたちやくずどもと海岸でふらふらするようになった。なに？　いや、悪気はないんだ、そう怒るな。もちろん、すべてのサーファーがくずみたいな連中だとは思っちゃいないが、そのがきどもはいつもろくでもないことをたくらんでいたんだ。パンクロックに夢中になり、鎖《くさり》を身につけ、安全ピンなんかを体のあちこちにさしていた。いいや、ラモーンズなんて演奏してほしくないね。その点にかんしちゃ、おまえはぜったいにわしの考えを変えられやしないさ。かわりになにかベニー・グッドマンの曲を聞かせてくれ。

オースティンが刑務所《けいむしょ》送りにならなかったのは奇跡《きせき》だ。そのころからだよ、あいつがろくにわしらと口をきかなくなったのは。わしは、あいつは親をばかにしてるんだと思っていた。わしらはなにもいえなかった。学校ではあいかわらずいい成績をとっていたし、レコード屋のアルバイトでかせいだ金もちゃんと家にいれていたからな。だが、あいつとは一日にふたこと、みこと、口をきければいいほうだった。毎日おそくまで帰らなかったし、週末も出歩いていた。わしらの存在なんぞわすれちまっていた。オースティンはホーソーン高校の七八年度卒業生代表にえらばれた。そして、ふたつの大学から全額《ぜんがく》給付《きゅうふ》の奨学金《しょうがくきん》の権利《けんり》をもらった。ひとつはマサチューセッツのアマーストカレッジで、もうひとつが地元の南カリフォルニア大学だ。

わしとヒロコはあいつをほこらしく思ったが、町にのこってくれるよう説得した。家からかようほうが金がかからなくていいし、わしの年のことも考えてくれ、といってな。二十五年前、たしかにわしらはそういったんだ。老いるってことのほんとうの意味を、あのときのわしはまったくわかっちゃいなかったのさ。オースティンを引きとめたのは大きなまちがいだった。あいつはもっと広い世界に出ていくべきだった。自分の力をためすべきだったんだ。だが、あいつはこの町にとどまった。そしていまだにここにいつづけている。大学は二年でやめ、ピアノの調律の勉強をはじめた。ピアノの調律じたいは悪くはない。堅実《けんじつ》な仕事だ。だが、あいつの人生にはもっとやるべきことがあったはずだ。

ユミ、むかしの話をするとわしはへとへとになるんだよ。息を吸いこむたびに胸がやけるように熱くなる。ほら、ぜいぜいいう音がおまえにも聞こえないか？　わしは今日は昼まで寝ていた。ここのところ、たいてい十二時間から十四時間は眠ってる。まるで生まれたばかりの赤んぼうだ。人生なるようにしかならないが、まっていればかならずいいことは起きる、そう思うんだよ。もしかすると、わしはずっとおまえをまっていたのかもしれない。いろんな話をするために。すこしばかりのことを教えてやるために。競馬場じゃおまえはみごとに大勝利をおさめたな。こんどはポーカーでわしを負かす気か！　このチップをみんなもっていっちまうつもりなんだな？

おお、あの雨のいきおいを見てみろ！　むかしのロサンゼルスじゃこんなに雨がふるなんてことはありえなかった。おまえが生まれる前には、五年間一滴《いってき》も雨がふらなかったこともあるんだぞ。みんな節水のためにトイレのタンクにレンガをいれたもんさ。プールには水を張れなかったし、庭の芝はぜんぶ枯《か》らしちまった。シャワーは近所のやつらといっしょに浴びた——ヒッヒッヒッ、それは冗談《じょうだん》だ。だが、ほんとうに深刻な日照《ひで》りだったよ。それがいまじゃ、地球温暖化《おんだんか》だかなんかで、五十年後にはみんな海にしずんじまうって話じゃないか。まあ、わしはそのころにはとっくにこの世におさらばしてるがな。死んじまっててなによりだ。わしは泳げないからな。これからおぼえてもおそくはないなんていわないでくれよ。おまえが泳ぎを教えるだと？ よし、わかった、わしの体が夏までもったら、泳ぎのレッスンをしてくれ。いいな、約束だぞ。

第九章　四月

信じられない。とうとうエイプリルフールが来た。つぎつぎと危機《きき》がおとずれたけど――奇《き》跡《せき》中の奇跡で――コンサートは今晩開催《かいさい》される。一枚五ドルのチケットは予想を大きくこえて八百十二枚売れた（ぜんぶで四千六十ドルの売りあげ）。きっと、当日券もかなり売れるはず。クインシーはバザーのために音符形《おんぷがた》のバタークッキーを千個用意した。たぶん、何十個かは自分で食べてしまっただろうけど。あたしはこの二週間、コンサートのことばかり考えてた。寝《ね》てるときもコンサートの夢を見た。ソールと行った競馬《けいば》でもうけたお金（百四十ドル）もぜんぶ、オーケストラのメンバー全員分のまっ赤な蝶《ちょう》ネクタイを買うのにつかってしまった。ソールがいうように思いきりのよさが必要なときがあるのだ。

緊張《きんちょう》しすぎて、ゆうべはほとんど眠れなかった。それでも何回かはうとうとして、またフクロウの夢を見た。フクロウは巨大になっていて、オーケストラにおそいかかり、みんなの楽器をかっさらっていった。まず、ルーシーのヴァイオリンを弦《げん》にかぎ爪《づめ》をひっかけてもち去った。つぎにカーラのフルート、そのつぎにはゾーイのファゴット。そして最後には、なんとイーライのチューバやティンパニのセットまでもっていったのだ！　けっきょく、あたしは朝の五時に汗ぐっしょりになって目をさました。もう眠れそうになかったから、神経を落ちつかせるためにサーフィンをすることにした。それで、いま、あたしは海岸にいる。

この二か月、くるったように雨がふりつづけて、ずっとサーフィンができなかった。波はおどろくほど高くて、いきおいもはげしかった。とくにマリブはすごかった。ニュースでは、南カリフォルニアが十年ぶりに絶好《ぜっこう》のサーフィンシーズンをむかえたとなんどもいっていて、あちこちからサーファーたちがおおぜいあつまってきた。でも、あたしは荒れた海がこわかった。日曜日に母さんがプロのサーファーたちを見に、車でマリブのポイント・デュムに連れていってくれたときには、砂浜のすぐそばでもいいから波に乗りたくなったけど、母さんはあたしが水に近づくのをゆるさなかった。

いま、あたしがここに来ていることはだれも知らない。父さんが眠っているときにこっそり出てきたのだ。朝ごはんも食べなかった。食べものにおいがしたら、ミリーが起きてくることはわかってたから。もうすぐ六時になる。霧雨《きりさめ》がふっていて、まだ太陽が完全には顔を出してないから、あたりは青みがかった明るい灰色をしている。この時間帯の海岸がいちばん美しいと思う。朝のはじまりというより、夜のおわりに近い時間。夜とも朝ともいえないあいまいさがたまらなく好き。夜が朝になる瞬間《しゅんかん》はだれにもわからない。

海岸にはだれもいない。海はほんとうにしずかで、さざ波がうちよせるていどだ。まるであたしが来るのをまってたみたい。あたしを手まねきして、水にはいってリラックスしなさいっていってるよう。あたしは沖までパドリングしていった。波がほとんどないから、すいすいすめた。水からはさわやかなかおりだけじゃなく、なまぐさいようなにおいがする。でも、ぜんぜんいやじゃない。パドリングしてると、顔にパシャパシャ水がかかった。早朝の日の光を受けて水はきらきらひかってる。まるでエメラルドの液体にうかんでるみたい。足がこごえるほど冷たかったけど、美しい光景《こうけい》に涙が出そうだった。

沖まで来るとあたしはボードの上にすわり、まわりの景色《けしき》や音を楽しんだ。おだやかな波の音。空にしまもようをえがく銀色の雲。遠くにぽっこり見える砂浜。北のほうにはひっそりとしたサンタモニカ・ピアが見える。観覧車《かんらんしゃ》とジェットコースターははるかむかしの遺跡《いせき》のよう。変わってるって思われるかもしれないけど、あたしは海の上にいるとくつろいだ気分になれる。こうして、だれもいない海でボードにすわってただよってると、すごく気もちが落ちつく。きっと、あたしがどこに行ったとしても海はいつもここであたしをまっていてくれるだろう。とつぜん、うしろから水しぶきがあがる音が聞こえた。ふりかえると、南にむかうイルカの群れが見えた。「起きて、イルカよ！」母さんがそういってあたしを起こす声が頭のなかに聞こえる。あたしはもう目をさましていて、先にイルカを見つけているのだけど。

学校は完全にお祭りムードにつつまれていた。みんな、夜のコンサートのことが気になって授業どころじゃなかった。あたしもたぶん、今回の幾何《きか》のテストは赤点だと思う。クインシーはてきぱきとやるべきことをはしからかたづけていった。ほんとうは放課後に最後の全体練習をやる予定だったけど、クインシーがやらないことにしようといいだした。本番前に演奏《えんそう》を客の耳にいれないほうがいいという。

「でも、だいじょうかな?」あたしはきいた。

「これ以上練習したら、くさった鯖《さば》みたいにくっさい演奏になるぜ」

あたしとクインシーは笑った。でも、すぐにふたりとも真顔《まがお》になった。

「じゃあ、それで決定でいいな?」クインシーはきいた。ほとんど命令口調《くちょう》だったけど。

それからクインシーは握手《あくしゅ》しようと手をつきだしてきた。なんだか、大銀行が合併《がっぺい》の契約《けいやく》をむすぶみたいに仰々《ぎょうぎょう》しいふんいき。あたしはおずおずとその手をにぎり、むりに笑顔をつくった。

「ところで」クインシーがいう。「バタークッキーだけど、たぶんもう六百個くらいしかないと思う」

「どうして?」

「えっと、かなり割れちゃって……それから、ゆうべ、おれ、すごく腹へってて」

「わかった。心配いらないから」あたしは思わず吹きだしそうになるのをこらえた。そして、歴史の授業を受けに教室にむかった。

もう、いつになったら夜になるの？　今日は時間がすぎるのがやたらとおそく感じられる。ろうかやあちこちでみんながあたしに声をかけてくる。手にもったコンサートのチケットをふって見せる子もいた。かなり期待されてるみたい。プレッシャーに押しつぶされそうになって、あたしは気を落ちつけようと、ヒロコとソールの姿を思いうかべた。ふたりが一列目の席にすわって、あたしに声援《せいえん》を送ってくれるところを。なにもかもおわりだって思えたとき、ソールはあたしをはげましてくれた。うまくいこうがいくまいが最後までつっ走れって。とにかく大失敗におわることだけはさけたい。母さんと父さんもずっと元気づけてくれていた。「大失敗っていったってたかが知れてるだろ？」父さんはいった。「演奏がめちゃくちゃになって、しかたなく『ウィリアム・テル序曲《じょきょく》』をやるはめになるだけじゃないか」

コンサートは七時にはじまる。でも、オーケストラのメンバーは一時間前にステージにあつまることになっている。あたしとクインシーは四時半に講堂《こうどう》にはいって、バザーの準備《じゅんび》をし、照明や楽譜《がくふ》立てや音響《おんきょう》装置《そうち》の最終確認《かくにん》をした。コンサートの準備に走りまわったこの数か月のあいだに学んだことがある。なにかをやりとげたかったら、それをはばむものと戦わなくちゃいけないってこと。それから、自分と同じくらいたよりになるのはクインシーだけだってこと。クインシーはやるといったことはかならずやる。あたしの知ってる人たちの九十九パーセントはそこまでのことはできない。ソールならきっとこういうだろう。クインシーのことばは黄金《おうごん》の価値をもつって。ゆいいつの問題は、コンサートがおわってからもクインシーはあたしと口をきいてくれるかだ。

六時をすこしすぎるとオーケストラのメンバーがあつまりはじめた。チエロの第二奏者《そうしゃ》のレイチェル・レイマーが演奏できないといいだした。手首をねんざしたらしい。あたしは包帯《ほうたい》をきつめに巻けばだいじょうぶとはげました。シンディー・グレイディーは、りんごをかじったときにくちびるを切ったからフレンチホルンが吹けないとうったえた。でも、ボーイフレンドとはちゃんとキスできてたから、きっと今夜の演奏ものりきれるはず。「がんばれるところまでがんばってみて」とだけいっておいた。あたしはたえず講堂の天井の梁《はり》をちらちら見あげていた。なんとなく、あの夢のフクロウがいそうな気がして。あれはただの夢。あたしは呪文のようにくりかえし自分にいい聞かせた。

「さっきから、ひとりでなにをぶつぶついってるのさ」クインシーがあたしのほうに歩いてきた。「頭がおかしくなったのかと思って心配するだろ」

七時五分前には講堂は人でいっぱいになった。おおぜいの人たちの話し声でがやがやして、まるで巨大な蜂《はち》の巣箱《すばこ》にとじこめられてるみたいだった。あたしとクインシー以外のメンバーはもう位置についている。あたしは幕《まく》のすきまから客席をのぞいて、家族が来てるかなんどもたしかめた。みんなにいい席で見てもらうために一列目に予約席と書いたボードを立てかけてある。ソールが来るまでぜったいはじめたくない。このコンサートはソールへの感謝《かんしゃ》の贈《おく》りものでもあるんだから。ソールがあたしに人生の話をしてくれたことへの、あたしを気にかけ、毎週会うのを楽しみにしてくれたことへの感謝のしるしなのだ。でも、ほんとうの意味でのソールへの恩返しは最後まで全力をつくすことだ。そうすればソールはきっとよろこんでくれる。

七時八分になってもソールたちは姿を見せなかった。「もうはじめないと」とクインシーがいったけど、内心はそうしたくなさそうだった。クインシーのお父さんもまだ来てないから。でも、たぶんクインシーのお父さんはこういう行事に一度も来たことがなかったと思う。

「クインシーにはあたしの気もちはわかんないよ！」あたしは泣きそうな声でいった。ちゃんとわかってくれてるってことは知ってたけど。

あきらめかけたとき、ソールがヒロコにつきそわれてよたよたと通路を歩いてくるのが見えた。うしろには父さんもいる。そして、そのうしろには母さんとジムもいた。席に腰《こし》をおろそうとするソールと目が合った。さあ、はじめなきゃ。もういつでも幕をあげられる。クインシーが位置について、コントラバスをかまえ、幕があがる。あたしが指揮台《しきだい》に歩いていくと軽い拍手《はくしゅ》が起きた。あたしは顔いっぱいに笑みをうかべてオーケストラのみんなを見た。

それから指揮棒《しきぼう》をかまえ、メンバーにだけ聞こえる声でいった。「巨人になった気で演奏して！」

みんなそのとおりに演奏した。奇跡のようだった。中学校のオーケストラがパンクやアップテンポのレゲエを演奏するのなんてだれも聞いたことないはず。セックスピストルズにラモーンズ、クラッシュ、そしてボブ・マーリー&ザ・ウェイラーズを演奏するオーケストラなんて。でも、オーケストラのメンバーもお客さんたちもみんなすごく楽しんでる。通路でおどる人たちも出てきた。そのなかには母さんもまじっている。ふだんだったら、ぜったいにやめてほしいと思うのに、今日はぜんぜんいやじゃない。ちらっと校長の姿も見えた。肩や腰をふっておどってる。ほかの先生たちも二、三人、校長につづいておどりだした。シュンタロウ先生までがすっくと立ちあがって、ぶきみなシェイクダンスをはじめた。まるで感電してひきつってるみたい。とにかく、みんな大盛《おおも》りあがりだ!

とうとう最後の曲になり、あたしは客席のほうをむいた。「今夜、最後に演奏するのは、ロサンゼルスで活動する偉大《いだい》なミュージシャンの最新曲です。そのミュージシャンは今日ここに来ています。わたしの父オースティン・ハーシュです」一列目の客席を見おろすと、父さんが口をぽかんと開けていた。あたしがいったことが信じられないみたい。「そのオリジナル曲の歌詞を書いたボードを用意したので、よかったらいっしょにうたってください」あたしはボードをもって立っている七年生の女の子を指さした。その子はオーケストラのファンで、あたしが手書きしたボードをよろこんでもってくれたのだ。「この曲をみなさんが心から楽しんでいただけることを願っています」拍手がやむとあたしはつけくわえた。「そして、わたしはこの曲を祖父のソール・ハーシュにささげたいと思います。祖父はここに、わたしの父のとなりにすわっています」

客席からいままででいちばん大きな拍手がわき起こった。そして、みんなが父さんとソールに立ちあがるよう求めた。父さんはおろおろしてたけど、ソールはこの瞬間のために生きてきたとでもいうように堂々と立ちあがり、イギリス女王みたいに優雅《ゆうが》にみんなにむかって手をふった。ついに父さんも半分腰をあげた。背をまるめて、もじもじしながら。どっと笑いが起こった。ほんとうにまるでコメディ映画を見ているようだった。

あたしは顔じゅうでにっこり笑って、オーケストラのほうをむきなおった。「さあ、いよいよグランドフィナーレよ」あたしはステージ上にしか聞こえない声でいった。「みんなにあたしたちの力を見せつけてやろう」父さんがいうように、パンクは三つのコードだけで演奏できるかもしれないけど、気迫《きはく》だけはほんものじゃなきゃだめだ。出だしのコードからあたしたちは全身全霊《ぜんしんぜんれい》で演奏した。

きみの逆説《パラドックス》になりたい
きみの足首丈の靴下《ボビーソックス》になりたい
きみの春分《イクウイノックス》になりたい
きみの金塊貯蔵所《フォートノックス》になりたい

ねぇ、ベイビー、きみの靴箱《シューボックス》になりたいんだ
おれをきみのだいじな靴箱にしておくれ

二番目のコーラスにはいるころには、お客さんたちは音楽にあわせてリフレインをさけび、オーケストラは思いきりエネルギッシュに演奏していた。打楽器は気がふれたように頭をはげしくふりながらたたきまくってる。ホルンやトランペットはベルを天井にむけていて、木管楽器《もっかんがっき》は体を左右にゆすってる。弦楽器までが弓をうごかしながらすこし腰をまわしている。クインシーはだれよりもうれしそう。今日が地球最後の日だとでもいうように情熱的にコントラバスを弾《ひ》いている。目はずっとあたしのほうをむいたままだ。あたしは熱気と照明と興奮《こうふん》で全身汗まみれだった。

ねぇ、ベイビー、きみの靴箱《シューボックス》になりたいんだ
おれをきみのだいじな靴箱にしておくれ

お客さんたちはシュンタロウ先生の指揮のもと、音楽にあわせて力いっぱい手をたたき、足をふみ鳴らした。このぶんじゃきっと、興奮した子たちがもうすぐステージに押しよせるにち

がいない。ほら、来た！　みんながどっと前に来る。熱狂《ねっきょう》のうずの中心はあたしたち。こんなに気もちいいことってほかにある？

演奏がおわると、お客さんたちはみんな立ちあがって「アンコール、アンコール」とさけんだ。あたしはうしろをふりむいて、父さんをさがした。父さんは席にすわったまま、あたしを見あげてほほ笑んでいた。電気のついたクリスマスツリーみたいに明るい笑顔だ。ソールも父さんの横で同じようににこやかな顔であたしを見あげている。ヒロコもジムもそして母さんも。母さんだけは音楽がやんでも飛びはねつづけていた。五人ともこれ以上はないくらいうれしそう。

コンサートがおわると、あたしはたくさんの人たちにとりかこまれ、不可能なことをよくやったねとほめたたえられた。クインシーだって活躍《かつやく》をたたえられるべきなのに、どこにも姿が見あたらなかった。バザーのコーナーにもいない――バタークッキーは十分で売り切れた。クインシーはさよならもいわずに消えてしまった。どうして？

父さんがうしろからそっと近づいてきて、あたしをがばっと抱《だ》きしめた。なにもいわずにただ抱きしめつづけた。手をゆるめたらあたしが消えてなくなってしまうと思ってるみたいに。こんなに長く抱きしめられたのははじめて。母さんも来て、あたしに抱きついたり、髪《かみ》をくしゃくしゃにしたり、ほっぺにキスをしたりした。「すばらしかったわ、クッキーパイ！　ほんとにあなたをほこりに思うわ！」ジムは握手しようと手をさし出してきた。でも、あたしはジムの体に飛びついて、ぎゅっと抱きしめた。「おめでとう！」ジムは心からいってくれた。

やっとソールとヒロコがまっている講堂のロビーにたどりついた。ソールはつかれているみたいだった。杖《つえ》に体をあずけていて（ヒロコが使うよう説得《せっとく》したのだ）、あたしを抱きしめようと杖から手をはなすと、よろけてたおれそうになった。「気をつけて、お父さん。ころびたくないでしょ！」ヒロコはソールに注意すると、あたしのほうをふりむいてほほえんだ。「ユミ、よくやったわね」ソールの白くにごった青い目はほこりに満ちていた。「あれがおまえの用意したサプライズとやらだったんだな」ソールはおどけるようにいった。「すごくよかったぞ、あの靴《シユーボツクス》箱やら青い箱《ブルーボツクス》やらが出てくる歌。ヒッヒッヒッ。ユミ、おまえならできるとわしにはわかっていたよ」たくさんの人が同じことをいってくれたけど、ソールがいってくれるのがやっぱりいちばんうれしい。

ユミ、どうやらわしにはもうあまり時間がのこってないらしい。だから、今日はおまえとこうしてサンペドロに船を見に来たかったのさ。土曜はあまり活気《かつき》がないが、それでもいっしょに来てほしかったんだよ。でかい船は冒険《ぼうけん》へのさそいだ。わしのいってることの意味はわかるな？　おまえの年のころ、わしはブルックリンの波止場《はとば》で船が行き来するのを見るのがなによりり好きだった。ニューヨークの港に船がうかぶ光景はほんとうに美しいぞ。わしはいつも船を見ながら、どこから来たんだろう、どんな人たちを乗せてるんだろうと考えたものだ。頭のなかで想像《そうぞう》はどんどんふくらんでいった。

　なんの歌を口ずさんでるのかって？　このところずっと頭からはなれない曲があるんだ。チャーリー・〝バード〟・パーカーの「ラバーマン」だ。パーカーはこの曲をカリフォルニアでレコーディングしたらしい。演奏がおわると興奮して我《われ》をわすれ、犬みたいにほえはじめたそうだ。あのブルースを聞くとおまえもそうしたくなるさ。いや、わしには音楽のことはよくわからん。だが、あれはなんど聞いても胸が痛くなる曲なのはまちがいない。名曲ってのは、聞いた人間に過去《かこ》をふりかえらせるもんだ。そして、わしらは、いい思い出にせよ、悪い思い出にせよ、過去を思い出すのにそういう曲の力が必要なのさ。そのときよみがえる過去の記憶《きおく》ってのは、ときに事実とまったくかけはなれてることもある。ユミ、おまえにはややっこしい話に聞こえるかもしれんな。だが、おまえの人生はいまのところちゃんとうまくいってる。ほんとうだ。これからもそうであるよう祈《いの》ろう。

　おまえはロースクールに行くつもりはないのか？　なに、ありえないだと？　どうしてだ？　弁護士《べんごし》になれば食うのにこまらないだろう。父さんみたいにミュージシャンになりたい？　おい、聞いたか、ヒロコ？　わしらの家からまたひとり貧乏芸術家《びんぼうげいじゅつか》が誕生《たんじょう》するらしいぞ！　だが、なんどもいうが、あのコンサートはたいしたものだった。けっきょく、金はいくらあつまったんだ？　五千三十三ドル？　そいつはすごいな！　あのときを思い出すと、いまでもジグをおどりたくなる。ダンスはへたくそなわしでもだ。しかし、おまえの母さんはそうとうなうでまえだったな！

オースティンとシルヴィアのなれそめについちゃ、わしもはっきりしたことはわからん。あいつはそのへんの話はまったくしなかった。あるとき、いきなり電話してきて、会わせたい人がいるといったのさ。かわいらしいむすめだったよ、おまえの母さんは。おまけに頭が切れた。ちらっと聞いた話じゃ、シルヴィアがロサンゼルスのパンクロック界についての記事を書くためにオースティンにインタビューしたのが知りあうきっかけだったらしいがな。ふしぎな縁《えん》だ。気がつくと、ふたりは挙式《きょしき》の日どりをきめていた。そして一年後、おまえが生まれた。

あれは最高にしあわせな一日だったよ！　ユミ、前にも話したが、わしは長いあいだ、おまえをまっていたんだ。気が遠くなるほど長いあいだな。おまえは世界一かわいい赤んぼうだったぞ。おまえの母さんはおまえがヒロコに似てるといった。そのときのわしはそうは思わなかったが、いまはそのとおりだと思うよ。おまえはごくごくお乳を飲んで、そりゃあ大きくて愛らしい赤んぼうになった。街ですれちがうとみんな立ちどまらずにはいられなかったほどだ。

それからまもなくおまえの親は離婚《りこん》した。わしとヒロコはショックを受けた。なにしろ、わしらが若いころには離婚なんて考えられなかったからな。もちろんわかれろ夫婦《ふうふ》がいなかったわけじゃないが、いまみたいにしょっちゅうあることじゃなかった。だが、ふたりの離婚でよかったことがすくなくともひとつあった。オースティンが毎週末おまえをわしらの家に連れてくるようになったことだ。それが親権《しんけん》にかんする取りきめのひとつだったんだよ。ヒロコはおまえの好きな料理をつくり、いつもに輪をかけて部屋をぴかぴかにそうじした。おまえが変なものを口にいれるとこまるといってな。わしらはおまえが来るのをいつも心まちにした。それはいまも変わらないぞ。おまえはわしが七十九歳のときに生まれた。この十三年はわしの人生のなかでもっともしあわせな時代だった。日本で暮《く》らしたころとおふくろが生きてたころとならぶ、わしのしあわせな時代だった。

もうすこし生きていられるとよかったんだがな。すくなくともおまえが高校を卒業するまで生きてたかったよ。だが、そのころにはわしは九十六だ。癌《がん》にかかってなくても、そこまではそうそう生きられるもんじゃない。今日、わしは朝になにを食ったと思う？　ベーコンとチョコレートアイスさ。もう、コレステロールなんて気にする必要もないだろう。動脈《どうみゃく》がつまって死ぬのも悪くない。ヒロコはわしを見て、「まるで妊婦《にんぷ》みたいな食欲ね」といったが、食欲がもどったのはよろこばしいことだ。わしはヒロコに取引をもちかけた。「なあ、豆腐《とうふ》を食ってやってもいいぞ」――わしがあの食いものがきらいなのはおまえも知ってるだろう。「そのかわりに最後にもう一度、わしを日本に連れていってくれ」すると、ヒロコはいった。「ええ、そうね、近いうちにぜひそうしましょう」だが、「近いうち」ってのはぜったいにやってこないもんだ。金があったら、自家用ジェットで飛んでいくんだがな。

ああ、おまえなら連れてってくれることはわかってるさ。わしがもっと元気ならな。ありがとう、ユミ。だが、おまえにはべつのたのみがある。いよいよというときが来たら、ここにいてほしいんだよ。おまえの手をにぎらせてくれ。約束する？　ユミ、一度口にした約束はなにより重い意味をもつんだぞ。おまえにはもうそのことは話したな？　ことばにし、握手をかわしたら、その約束は純金《じゅんきん》と同じだけの価値をもつ。わしにとってだけじゃない、おまえの全人生にとってもだ。人々に信用されなかったら、おまえはなにも得ることはできないんだ。わしがいってることはわかるな？　じゃあ、外に出て、でっかい船をながめようじゃないか。

第十章　五月

母さんの車が学校の前にとまった。オープンカーの幌《ほろ》をおろしていて、後部座席にあたしのサーフボードを立てかけてある。

「おどろいた!?」母さんがあたしに手をふる。「ちょっと気分転換《てんかん》したいんじゃないかと思って」

あたしは母さんを見てにっと笑った。母さんはたまにすごく気のきいたことをする。

海岸に行くと、六十センチくらいの白い波が立っていた。平日だから、ほとんど人がいない。サンタモニカ・ピアもしずかだ。観覧車《かんらんしゃ》もジェットコースターも止まってる。もし、あたしがここを自由に管理《かんり》できたら、海岸はいつもこういう状態にしておくのに。そうすれば、他人の目を意識《いしき》せずに自分のサーフィンに集中できる。ウェットスーツがきつく、体がかゆくなってきた。あたしは母さんのほうをふりかえって手をふると、海にはいった。「サメに気をつけるのよ！」母さんがさけぶ。見あげる空は青い。でも、東に行くほど、空は茶色くなっていく。母さんはよくいう。飛行機から見おろすと、ロサンゼルスはまるで吸いがらのたまった灰皿よって。でも、きたなくても、それはあたしたちの灰皿なのだ。

サーフィンをはじめてから三十分くらいたったとき、だれかがこっちにパドリングしてきた。海水のせいで目がかすんではっきりとは見えない。でも、しばらくしてクインシーだとわかった。あたしはもっと沖に移動したくなった。そうすれば、追いつかれないから。だけど、そうはせずにボードにすわってまった。顔がひきつってこわい表情になってたと思う。あたしはこうどなってやりたかった。いったいなににしにきたの？　このいかりがどこから来るのか自分でもわからない。昼間はすごく会いたいと思ってたのに。

「よお、調子は、どう？」クインシーはまた例のへたくそなラッパー口調《くちょう》でいった。

「まあまあ、そっちは、どう？」あたしもラッパー口調でかえした。ふるえが背なかをはいあがってきて、あたしは歯を食いしばった。

「いっしょにいいかな？」

「どうぞ。ここは自由の国なんだから」心のなかでは腹《はら》がたってたけど、おもてには出さないようにがんばった。いままでずっと、怒っているのはクインシーだと思ってたけど、あたしも怒っているんだとはじめて気がついた。

「ずっとあやまりたいと思ってたんだ」クインシーはそういい、頭をさげた。あたしのなかからいかりがすっと消えた。そしてかわりに好奇心がわいた。

「どうして？」あたしはおだやかな声でたずねた。

「おれ、ばかな思いこみをしてたからさ。ユミのこと。っていうか、おれたちのこと。で、勝手に想像《そうぞう》をふくらませて、勝手に腹をたててた。ユミがイーライを好きなことはわかってたんだ。けど、みとめたくなくて――」

「あたし、もうイーライのこと好きじゃないから」あたしは口をはさんだ。

「ああ、あのふたり、まるでフグのカップルだよな。見てるだけでうんざりする」

思わず笑ってしまった。カーラはとうとうイーライをふりむかせたのだ。それで昼休みになるとふたりはジャカランダの木のうしろでずっとキスをしてる。

「あいつらが顔をはなすと、吸盤《きゅうばん》のような口からねっとりしたつばが糸引いててさ」クインシーにいつもの調子がもどってきた。「クモの巣《す》でも張るつもりかって聞きたくなるね」

「うぇーーー！」あたしはさけび、それから笑いはじめた。さっきよりも大きな声で。すると、クインシーも笑いだした。小さな波がひたひたとよせてきていた。そして、ふいに大きな波が来て、クインシーはボードごとひっくりかえった。

「じゃあさ」クインシーはボードにすわりなおすと、髪《かみ》から水をふりはらいながらいった。

「いまはだれが好きなの？」

光のかげんでクインシーの目がすごくあざやかな緑に見える。期待に満ちた目。あたしは思わずいいたくなった。「クインシーよ。あたし、あなたが好き」っし。そして映画のなかのいちばんロマンチックな場面みたいにクインシーにキスをするのだ。でも、そんなことできない。クインシーにはうそをつきたくないから。うそをつくのは相手を侮辱《ぶじょく》する行為《こうい》だってソールはいってた。あたしはしばらくだまりこんだ。それから、クインシーの顔を見た。大親友を見るように。そして、ほほ笑んだ。

「あたしよ」あたしはこたえた。「あたしね、いまの自分がすっごく好き」

サーフィンをしおえると、母さんが父さんのロフトまで車で送ってくれた。父さんといっしょに調律《ちょうりつ》の仕事に行こうとしたくをしていると、ヒロコから電話がかかってきた。ソールのぐあいがよくないからすぐに来てほしいという。ヒロコはいつも慎重《しんちょう》で、おおげさなことをいったりしないから、父さんは車を運転しながらずっと気をもんでいた。もうすこしでいいニュースをあたしに知らせるのをわすれそうになったくらいだった。「きみの靴箱《シューボックス》になりたい」がFMインディ一〇三・一でオンエアされるようになったのだ。六年生のだれかのお父さんが音楽プロデューサーで、あの曲をコンサートで聞いて気にいり、友だちのスティーブ・ジョーンズに音源《おんげん》をわたしたらしい。ジョンジーは父さんの曲をそうとう気にいったみたい。自分の番組の名前〈ジョンジーのジュークボックス〉と歌詞で韻《いん》をふませて、今日の番組で二回も流したというから。それで、ほかのＤＪたちも番組で流すようになり、うわさがだんだんひろがりはじめた。ふだんの父さんだったら、泣いてよろこんでたはず。だって、これこそ、父さんが長いあいだ心まちにしていたことだから。でも、父さんはソールのことが心配でよろこんでるよゆうがなかった。

あたしたちが着いたときには、ソールは意識がもうろうとしているようだった。声は弱々しく、肌《はだ》はすきとおるように白かった。こわい顔でぶつぶつと真珠湾攻撃《しんじゅわんこうげき》やニクソン大統領《だいとうりょう》のことを怒っている。ぜんぜんわけのわからないこともいっていた。ミリーが注意を引こうとしてソールにむかってほえても見むきもしない。しばらくすると、ソールは怒りつかれて、昼寝《ひるね》をするといってよろよろと寝室《しんしつ》にむかった。いまが夜の八時だということもわかっていないらしい。

「かわいそうなお父さん」ヒロコが首をふりながらつぶやいた。「一日じゅうあの調子だったのよ。あれがほしい、これがほしいといっては、すぐに気が変わって。いらいらして部屋のなかを歩きまわるし。体にさわるから興奮《こうふん》しないでっていってるんだけど。ただでさえ、ぐあいが悪いのに心臓発作《しんぞうほっさ》でも起こしたいのかしら。『落ちついてちょうだい、お父さん』っていっても聞きやしないの。まったくがんこな年よりなんだから」ヒロコの顔はかなしげだった。

「昼寝から目をさますとそれまでのことをすっかりわすれてるのよ。それで、大麦スープを飲ませると、すこし調子がよくなるみたい。ユミ、あなた、おなかすいてるでしょ?」

あたしがうなずくと、ヒロコはさっそくキッチンで食事のしたくをはじめた。ヒロコはうごきまわっているときがいちばんしあわせそうだ。あたしのためにアホカドのおすしをつくって、さつまいもの天ぷらも揚《あ》げてくれた。ゴマをふりかけた大盛《おおも》りのごはんも用意した。

「ユミ！」二十分後にソールが大声で呼んだ。まだ興奮していて、真珠湾がどうのこうのといっている。

「ねえ、聞いて、ソール」あたしはおだやかな声でいった。「今日、父さんの曲がラジオでかかったんだよ」

「なんていう曲だ、ユミ」ソールはやっと現実の世界にもどってきたらしい。

「『きみの靴箱《シューボックス》になりたい』って曲。おぼえてる？　オーケストラがコンサートで演奏《えんそう》したでしょ？　すごくおもしろい曲だって、スティーブ・ジョーンズが今日の番組で流してくれたの」

「ほんとうか？」

「すごいと思わない？」

「信じられんな。どんな歌かうたってみてくれ」ソールも興味《きょうみ》が出てきたようだ。あたしのほうを真剣《しんけん》に見てる。

「ソール、あたしが歌が苦手なの知ってるよね？」

「ほんの二、三小節でいいんだ」

「わかった、じゃあ、うたうね。でも、音楽がついたほうがだんぜんかっこいいんだから」あたしは低い声でうたいはじめた。

きみの逆説《パラドックス》になりたい
きみの足首丈の靴下《ボビーソックス》になりたい
きみの春分《イクウイノックス》になりたい
きみの金塊貯蔵所《フォートノックス》になりたい

ねえ、ベイビー、きみの靴箱《シューボックス》になりたいんだ
おれをきみのだいじな靴箱にしておくれ

「ブルースっぽい曲だな」ソールは歌にあわせて口笛を吹こうとした。

「だめだめ、もっと力強く吹かなくちゃ」あたしはにっこり笑いながらいった。

「いい曲だな。ラジオでかかったって？　父さんにちょっと来るようにいってくれ」

「父さーーん———！」あたしが大声でさけぶと、ソールは声を出して笑った。

「それならわしでも呼べたな」

　父さんがためらいがちに部屋にはいってくると、すかさずソールがいった。

「ユミがおまえの新しい曲をうたって聞かせてくれたよ」はじめてこの曲を聞いたようにソー

ルはいった。

父さんはとまどってるみたいだったけど、コンサートのことをあえてソールに思い出させようとはしなかった。

「耳にのこる歌だな」ソールの青い目は白くにごって、水色のビー玉みたいだったけど、興奮できらきらかがやいていた。「その、おまえにいいたかったんだよ。わしはおまえを心からほこりに思ってるとな。ほんとうはもっとずっと前にいってやるべきだったんだ。わしは――」

「やめてくれよ、父さん、そんなことはもうどうでもいいんだ」

「――ずっとそう思っていたんだからな」

ふたりは長いことおたがいを見つめたままつっ立っていた。これまでの思いを目だけでつたえようとしてるみたいに。

「さあ、ここは抱《だ》きあうところよ！」あたしは元気よくいった。するとふたりともきゅうに笑いだした。「いいから、早く！」

ふたりは抱きあった。三十年前にベルモントステークスでセクレタリアトが勝ったとき以来の抱擁《ほうよう》だった。ふたりは長くしっかりと抱きあっていた。

ちょうどそのとき、ヒロコがなんのさわぎかとようすを見に来た。そして、ソールと父さんを見ると、あたしのほうをふりかえり、小さく笑ってうなずいた。わたしもあなたをほこりに思うわよ、というように。

父さんはヒロコと部屋を出ていった。顔がちょっと赤くなってる。うれしさとかなしさを同時に感じているみたいだった。それから、また部屋にはあたしとソールのふたりだけになった。

「いい息子だ、オースティンは」ソールはいい、鼻をすすりながら、ベッドの枕《まくら》の位置をととのえはじめた。枕が多すぎて寝られやしないともんくをいい、ベージュの枕をふたつ床にほうり投げる。それから、とりとめもなくいろんな話をした。まずは競馬《けいば》の話。そして、さいきん、新聞の質が落ちてきていることをぼやいた。夢をかんたんにあきらめるやつが多すぎるとか、しょせん人間は死ぬときはひとりなんだともいった。「なあ、ユミ、なにか読んで聞かせてくれないか？　わしが眠れるように。朝にまた話そう。ぐっすり眠ったら調子がよくなるはずだ。おまえにはまだ話したいことがたくさんあるからな」

「なにを読んでほしい？」

「なんでもおまえの好きなものを読んでくれ」

「さいきん、母さんが新しい詩を教えてくれたの」

「わしには詩はわからんよ」ソールの目はもうとろんとしてきている。ソールはカバみたいに大きなあくびをした。歯がほとんどのこっていない。口のなかはピンクがかった灰色をしていて、かわいていているように見えた。

「あたしだってぜんぜんわからないよ。でも、母さんは一字一句意味を理解する必要はないっていってた。だいじなのはことばの調べやリズムだって。それから、詩を読むことによって、いままで考えもしなかったようなことに思いをめぐらすことに意味があるんだって」
「よし、わかった、聞かせてくれ」ソールはここちよく眠れる姿勢《しせい》をとった。ふたつの枕の上に頭をのせ、うでをおなかの上できちんと組んで。冬物のパジャマを着ている。しまもようで紺色《こんいろ》のふちどりがあるパジャマだ。

藤《ふじ》の花はまたたくまに散り、スモモの木は大地という器《うつわ》に立てたロウソクのように燃えつきた。アーモンドは純白《じゅんぱく》の花を落とし、幹のまわりにやわらかな輪をえがいた。アイリス、バラ、チューリップ、丘一面のポピー、ルピナス、ハリエニシダ、ノハラガラシ。カリフォルニアは気まぐれな四月の風に燃えたつ……

ユミ、わしは窓のそとを見ると、ときどき、胸がはりさけそうになるんだよ。こんな広大なアメリカ郊外《こうがい》の景色《けしき》を見てもな。小さなものたちがわしの胸をゆさぶるんだ。おまえのおばあちゃんのロックガーデンじゃ、草花がなんとかしてあたたかな日ざしを身に受けようと、岩のすきまからけんめいに顔を出してくる。鳥たちはどうしてもヒロコの梨《なし》を味わいたいと網《あみ》を一心《いっしん》につつく。はてしなく広い空は、けっして癒《い》えることのない傷《きず》を負ってるように見える。わしはそういった生命あふれる世界から必死に目をそむけることもある。わかれがたくなるところまるからな。

わしはブルックリンで育ったろう？　自然と健康を愛するカリフォルニアのヒッピーたちとはまるで正反対だ。ブルックリン育ちの人間は、敗者《はいしゃ》を受けいれる。勝ち目がなくても最後まで全力で戦うやつの価値をみとめるんだ。説明するのはむずかしいが、わしはキューバ出身のボクサー、キッド・チョコレートのように闘志満々《とうしまんまん》のファイターに肩いれしたくなるのさ。ユミ、元気なうちにおまえをボクシングの試合に連れていってやればよかったよ。わしのいってることは理解できてるか？　ボケてわけのわからんことをいってるとは思われたくないからな。

ミリーを見てみろ。オースティンがこの家においていくと、あいつはかならずわしのあとをついてまわるんだ。便所《べんじょ》に行くと、わしが出てくるまでドアの前で立っている。昼寝をすれば、ベッドの横にふせてまつ。わしの胸に前足をのせて目をさまさせようとすることだってあるんだぞ。毎回、死ぬほどびっくりさせられる。あいつは自分のことをわしの新しい看護師《かんごし》とでも思ってるんだろうよ――ヒッヒッヒッ。それに、いまはちょうど冬の毛がぬける時期で、家じゅうあいつの毛だらけだ。ヒロコはそうじ機をもってミリーのあとをついて歩いてるぞ。

ユミ、ラジオをつけてくれないか。局は変えないでくれ。毎朝、わしがなにを聞いてると思う？　いや、オールディーズじゃない。もちろん、ベニー・グッドマンもいいがな。ラストチャンスだぞ、さあ、なんだと思う？　降参《こうさん》か？　福音伝道師《ふくいんでんどうし》の説教《せっきょう》だよ！　あいつらがなにをいってるのかさっぱりわからない？　「主をたたえよ」と「ハレルヤ」さ！　あいつらの力のはいった説教を聞いてると、心臓がドクンドクンドクンしてくるんだよ。ああ、そうだ、血のめぐりをよくするのにちょうどいい。ミリーもすっかり興奮して、ラジオにむかってほえまくってるぞ。

わしがなにを崇拝《すうはい》してるか知りたいのか？　ふつうのものさ。ごくありふれたものだ。うまいコーヒーに厚切りのクラムケーキ。たそがれどきの空に同時にうかぶ太陽と月。思わずうなるようなうまいいいまわし――さいきんの新聞じゃめったにそんな文章にはお目にかからなくなったがな。ヒロコのトイレそうじのやりかただって美しいぞ。ヒッヒッヒッ。ジョークをいうときのおまえの表情もだ。あれはなかなか趣《おもむき》のある表情だぞ！　そういや、小さいころ、おまえがよくわしに聞かせたことばあそびのジョークをおぼえてるか？　ほんとうはこんなしんみりするような話なんてしたくないんだ。だが、ささいなことをわすれちまったら、大きなできごとの意味だってまるっきりなくなるんだよ。そもそも、大きなできごとなんてそう起きるもんじゃないからな。ところが、ささいなできごとはどうだ？　毎日起きるだろう。

わしのいいたいことはつまりこういうことさ。世界は大きなショーなんだ。わしはできればもうすこしそのショーを見ていたい。だが、おまえにもすぐにわかることだが、わしが死んだあとも、なにごともなかったようにそのショーはつづく。太陽はのぼり、またしずむ。毎日どこかしらで人が死んでいる。つまり、死なんてたいしたことじゃないんだよ。わしは死ぬことに不安を感じはじめると、そう自分にいい聞かせる。死をこわがったってなんの意味もない。過去《かこ》はわしのものかもしれないが、未来は、ユミ、未来はぜんぶおまえのもんだ。そして、おぼえておけ、未来に変化はつきものだ。変化を受けいれ、最大限に利用し、パーティーのダンスにくわわるか、それともずっとすわったまま、くわわらずにいるか。どっちにするかはおまえがきめることだ。

なあ、自分の髪の色を見てみろ――はちみつのような色をしてるだろ。おまえの目は、美人コンテストで優勝できるほどの美しさだ。ああ、おまえはまちがいなく将来たくさんの男を泣かせるだろうよ。そのころまで生きていて、男どもが苦しむ姿《すがた》を見たいもんだ。そうさ、わしがもっと生きたい理由はまさにそれだよ。ユミ、わしには決定的なこたえなどわからんよ。だが、もし、おまえが自分自身にひとつなにかを問わなきゃならないとしたら、こう問いかけるのも悪くないんじゃないか？　あたしはパーティーにはなにをもっていきたいかしらってな。ユミ、人生はあっというまにすぎるぞ。思ってたよりずっと早くな。本のページをめくるように毎日はすぎていく。わしはいま人生をこう考えてるんだ。わしはこの世にふらっと散歩しに来て、すこしダンスを楽しんだんだってな。人生なんてひょっとするとそのていどのものなんじゃないか？

なあ、どうしてわしの声はいつのまにかこんなに大きくなってるんだ？　奇妙《きみょう》だと思わないか？　まるで全身の力が口から出ていこうとしてるみたいだぞ。どうやら、しばらくだまったほうがよさそうだな。すこしつかれたよ。いや、ヒロコは呼ぶな。あいつがなにをいいだすかわかるだろう？　いそいでわしを病院に連れていこうとするさ。あんなところにはぜったい行かないぞ。もうこりごりだ。わしは針山じゃないんだ、あちこち針をさされるのはごめんだ。ああ、ユミ、足が重い。重いのにスカスカする。うでもだ。どこかに流れていっちまいそうだ。サンペドロの港にうかぶ大きな船のようにな。

　いや、水はいらん。ありがとうな、すぐよくなるはずだ。ちょっと休ませてくれ。そのあとで、ふたりでわしのむかしの写真を見よう。どうしてむすめたちがわしに夢中だったか、すぐわかるさ。巻き毛のせいだって？　おまえに禿《は》げた男たちの魅力《みりょく》について話したことはあったか？　ああ、そうだ、わしら禿げ頭が世界を牛耳《ぎゅうじ》るときがくるぞ。

　なあ、わしの呼吸《こきゅう》の音を聞いてみてくれ。なんだかおかしな音じゃないか？　わしには息が体の奥底《おくそこ》からあがってくる音が聞こえる。わし自身の息がわしを古着《ふるぎ》みたいに一掃《いっそう》しようとしてるんだ。おまえにはその音が聞こえるか？　ユミ、おまえはそこにいるのか？　なあ、いるのか？　顔をもっと近づけてくれ。わしに息がかかるまでな。ああ、そうだ。こんどは体を起こすのを手つだってくれ。わしの手をつかむんだ。しっかりにぎってくれ。そうだ、いい子だ。ああ、おまえはいい子だ……

エピローグ　六月

ソールがあたしの目の前で死んだことを話すと、ヴェロニクはどぎまぎした。「こわくなかったの？」ううん、ソールは死ぬ前にいちばんの贈《おく》りものをくれたんだよ、人生の話を聞かせてくれたの。あたしはヴェロニクにそういった。ソールの話はあたしにたくさんのことを教えてくれた。あたしはソールのような人生を生きたいとは思っていない。あれはソールの人生だから。でも、ソールは困難《こんなん》からにげずに不利な状況《じょうきょう》を最大限に利用しようとした。ソールはソールのやりかたで、ダンスにくわわったのだ。

あたしは最後にソールの手をにぎっていることができて、ほんとうにうれしい。だって、それが約束だったから。いったん口にした約束は大きな意味をもつから。ソールが死んだことはとってもかなしいけど、でも、あたしはすごく興味《きょうみ》をもってる。ソールはいったいどこに行ったんだろうって。母さんはあらゆるもののエネルギーは永遠《えいえん》にこの宇宙で再利用されるといっていた。ソールはじっとしてるのがきらいで、ずっと旅をしたがってたから、渡り鳥になれればいいなって思う。そのほうが競走馬《きようそうば》になるよりいいんじゃないかな。毎年アラスカから日本にわたるアジサシという渡り鳥がいるらしい。もし、死というものにすこしでもロマンチックなところがあるのなら、ソールはきっとアジサシになるだろう。なんだか、そう考えただけで、ソールのヒッヒッヒッヒッって笑い声が聞こえてくる気がする。

ソールが死んですぐ、父さんとヒロコが部屋にはいってきた。ミリーはベッドによじのぼって、ソールの顔をなめると、暖炉《だんろ》のそばに行って横たわった。みんな淡々としていた。これがキューバの家族だったら、ぜんぜんちがっていただろう。「残念ね」ヒロコは冷静《れいせい》に、でも愛情のこもった声でいった。「今夜はお父さんの好きなステーキにするつもりだったのに。ステーキとベイクトポテトに焼きたてのライ麦パンもつけようと思ってたのよ」

ソールの体がいつまでもあたたかくて――ヒロコはなんどもソールのパジャマのなかに手をいれて、体温をたしかめていた――顔もちょっとおもしろがってるような表情だったのであたしはおどろいた。あたしたちは一日じゅうソールのそばにいて、ソールに話しかけたり、おかしい思い出話で笑ったりした。ソールのそばでこんなに生き生きとしている父さんを見るのははじめて。一九七三年にベルモントステークスでセクレタリアトが優勝したのをソールとテレビで見たことを話すときには、父さんは目に涙をうかべていた。あたしはおわかれにソールの大好きなベニー・グッドマンの「シング・シング・シング」をクラリネットで吹いた。お昼を食べたあと、とうとうヒロコはソールのまぶたを閉じた。父さんは、ソールがいつもベッドにはいる時間に、つまり十時に葬儀社《そうぎしゃ》の人が来るよう手配《てはい》していた。ヒロコは、ソールがいいおいていたとおり、あたしにソールの金のうで時計をくれた。

母さんは自分で焼いたアップルクリスプをもって夕方に来た。ヒロコからソールの肌《はだ》にさわるようながされると、母さんはていねいにことわった。一生けんめい冷静でいようとしてるけど、不安げな顔をしている。母さんはあとからあたしに小声で「キューバでは死者を家に長くはおいておかないものなの」といった。そして、ほとんどキッチンにいて、ふだんは飲まないコーヒーを飲みながら、アップルクリスプを食べていた。コーヒーのせいで母さんはよけいにそわそわしていた。だから、あたしはキッチンに行き、「だいじょうぶ、なにもかもうまくいくから」といった。それから、母さんの手をにぎり、いままでほとんどいったことがないことをいった。「母さん、愛してるからね」

ヒロコと父さんはソールを火葬《かそう》してもらうことにきめた。ソールがそうのぞんでいたから。ふたりは日本人街に行って、美しいブラジリアンウッドの骨《こつ》つぼを買ってきた。今日、ソールの遺灰《いはい》はそのなかにおさめられた。たぶん、ソールはその住みかを気にいっていると思う。ヒロコは寝室《しんしつ》に仏壇《ぶつだん》をおいて——日本の習慣《しゅうかん》なのだ——ソールがすごく好きだったものをいくつかそなえた。競馬《けいば》新聞、老眼鏡《ろうがんきょう》、上等な葉巻《はまき》。そして、毎日、ソールの好物《こうぶつ》だった料理をすこしつくって、まるで神様にささげるみたいに、ソールの写真の前におく。買い物に行ったり、用事で出かけたりするときには、大きな声でいう。「お父さん、一時間したら帰ってきますからね！」べつに頭がおかしくなったわけじゃない。そうすることでなんとかひとりでも一日をすごすことができているのだ。ヒロコはほんとうにソールを心から愛していたんだと思う。
いまは週末にソールとヒロコの家に行くのがふしぎな感じがする（いまでもあそこはあたしにとって「ソールとヒロコの家」だ）。玄関《げんかん》をはいっていくと、ソファのいつもの場所にソールがすわってるんじゃないかと思ってしまう。「おお、ユミ、おまえの顔を見られてうれしいよ！」ソールのよくひびく大きな声が聞こえてきそうな気がする。この前の土曜日、あたしはソールの仏壇にこう書いた紙をおいた。

ソール・ハーシュは
一九一三年から二〇〇六年を生きた。
そしてダンスをおどった。

ソールが死んでから、あたしのそれまでなやんでいたことはぜんぶもうなやみとは思えなくなった。いまはほぼ毎日クインシーとサーフィンをしている。あたしたちはまた大親友にもどった。ふたりのあいだにあった奇妙《きみよう》な空気は完全に消えたみたい。あたしはだんだんサーフィンが上達してきて、さいきんはベイストリートに来てるほかのサーファーたちから声をかけてもらえるようになった。

　あたしには新しい夢ができた。映画をつくることだ。ヴェニスの海岸で長いあいだサーフィンをしてきた人たちについてのドキュメンタリー映画。そのためにドッグタウン時代をじかに体験《たいけん》した人たちにインタビューしたいと思ってる。あの時代の偉大《いだい》なサーファーやスケートボーダーたちの技《わざ》を自分の目で見て、いっしょに波に乗ったり、通りをすべったりしたけれど、世間《せけん》に名が知られることはなかった人たちに。その人たちは純粋《じゅんすい》に趣味《しゅみ》としてサーフィンやスケートボードを長く愛しつづけている。かれらはベイストリートの陰《かげ》のヒーローだ。

　いつか、あたしの撮《と》った映画のビデオが、あたしの大好きな何本かのサーフィン映画といっしょにビデオショップの棚《たな》にならんだら最高だと思う。そして、二十年後にどこかの子がそれを見て、自分もなにかをしたいって思ってくれたら、きっと世界一しあわせだろうな。でも、いきなりサーファーたちのところに行って、あれこれ質問するなんてこと、あたしにできる？　撮影《さつえい》なんてごめんだっていわれたら？　才能もないくせにずうずうしいやつって思われたら？　そんなのやってみなくちゃわからないじゃない？　だから、あたしはとにかく行動を開始した。

　海岸にいる年配《ねんぱい》のサーファーたちにインタビューしに行き、母さんのビデオカメラで撮影させてもらった。みんな最高にかっこいい人たちばかりだった。それからは話を聞きに行くたびに、よろこんでこれまでの人生のことを話してくれる。ほんとうにうれしい。もしかしたら、あたしも聞きじょうずになったのかもしれない。ソールの話をずっと聞いてきたおかげで。

学校ではあいかわらず、男子と女子がくっついたり、はなれたりをくりかえしてる。でも、あたしはもう、そういうのにほとんど興味《きょうみ》がなくなった。カーラとイーライはけっきょく昼休みに大げんかしてわかれてしまった。そのあとしばらくしてから、イーライがグミのはいった大きな袋——こんどはオレンジのグミもあった——をもってあたしのところに来て、二週間後の卒業パーティーにいっしょに行かないかとさそってきた。あたしはちょっと考えてから、にっこり笑ってこたえた。「あたし、パートナーなしで参加するつもりだから」

ヴェロニクのお父さんとお母さんは家族のきずなを強めようと努力しているらしい。毎晩、家族全員でごはんを食べて、そのあとはモノポリーであそんだり、保護者同伴《ほごしゃどうはん》が必要な映画のビデオを借りてきて見たりしているという。涙が出るほど退屈《たいくつ》な映画ばっかり借りてくるんだからとヴェロニクはもんくをいってたけど、すくなくとも自閉症《じへいしょう》のお兄ちゃんはおだやかにすごせているみたいだ。あたしはヴェロニクにいった。「たとえもしお父さんとお母さんが離《り》婚《こん》することになっちゃっても、ヴェロニクはちゃんと乗りこえられるよ。変化はつらいけど、そのおかげで人は成長できるんだから」それはソールがあたしに教えてくれたことだ。ヴェロニクのホイルボールはまた十五センチくらい大きくなった。二週間前、ヴェロニクはニューヨーク近代美術館に手紙を出した。ホイルボールをコンセプチュアルアートの作品として寄贈《きぞう》したいって。でも、返事はまだ来ていない。

父さんもさいきんは音楽活動がうまくいってる。「きみの靴箱《シューボックス》になりたい」がロサンゼルスと、なぜか遠くはなれたシンシナティのラジオ局でたくさん流されるようになったのだ。そして、ロサンゼルスを拠点《きよてん》とする「四十歳を超えたロックミュージシャンのベスト二十」のひとりとして『ベースプレーヤー』誌《し》に父さんの名前がのった。父さんはソールの仏壇に小さなラジオをおいて、一〇三・一にチューナーを合わせたままにした。「きみの靴箱《シューボックス》になりたい」が流れたら、ソールが聞けるように。あたしはときどき、ソールの仏壇のある部屋に父さんとすわって、ヒロコの庭をながめながらラジオを聞く。梨《なし》の木には白い花が咲きはじめ、小鳥たちはひっきりなしにさえずっている。まるで、父さんの曲にあわせてうたいたがってるみたいに。

母さんは六月二十四日にナパで結婚式をあげる。そして、式のあと、あたしたちはナパに引っこす（でも、月に一度は父さんとヒロコに会いにロサンゼルスにもどっていいと母さんはいってくれている。だから映画づくりもつづけられる）。母さんは式の準備《じゆんび》であちこち飛びまわってる。くやしいけど、かなり、ううん、心底《しんそこ》しあわせそうだ。あたしは式でクラリネットを演奏《えんそう》することを母さんに約束した。大好きなモーツァルトの曲を吹くつもり。これがあたしから母さんへの結婚祝いのプレゼントだ。ナパには母さんとジムを祝うためにたくさんの人たちが来る。マイアミのおじいちゃんとおばあちゃん、ティア・パロマとイザベル、そしてニューヨークとマイアミにいる、たくさんのキューバ系の親せきたち。ティア・パロマとイザベルは夏のあいだしばらくあたしたちの家に泊《と》まることになっている。ジムの家族も全員、中西部から飛行機でやってくる。ジムの子どもはみんなもう成人していて、子どももいる。ジムは三人の孫のおじいちゃんでもあるのだ。母さんは「つまりあなたはその子たちの叔母《おば》さんになるのよ。もちろん、あなたがなりたければの話だけど」といった。そっか、家族ってこうやってどんどんふえていくものなのかも。

結婚式のあとには生バンドが来て盛大《せいだい》なパーティーがひらかれる。それでね、あたしはもうきめてるんだ。ぜったいにダンスにくわわるって。

訳者あとがき

なにもかも永遠《えいえん》に変わらなければいいのに。この物語の主人公ユミは切実《せつじつ》にそう願います。大好きな人やもの――おじいちゃん、おばあちゃん、父さん、友だち、思い出のつまった海辺の家、サーフィン、オーケストラ――との別れが一度にどっと押しよせてきたからです。しかも、おじいちゃんのソールとの別れはまさに永遠の別れです。たいせつな人やもの、あるいは慣《な》れ親しんだ場所や生活との別れが近づくと、だれしも同じようなことを願ってしまうのではないでしょうか。そして、つらい別れはときに、ユミの場合のように一度にいくつもおとずれることがあります。

そうやって人生が大きく変わろうとするとき、わたしたちはうしろむきになったり、自暴自棄《じぼうじき》になったりしてしまいがちです。手放さなくてはならないものが、とつぜん、きらきらとかがやきを増し、どんなものよりも価値があるようにみえてくるからでしょう。

人生ではじめて大きな変化に直面したユミも、なにもかもおわりだと悲観的《ひかんてき》な気もちにおそわれます。そんな孫むすめに、死期《しき》のせまったソールは、変化は自然の法則《ほうそく》だから避《さ》けられないといいます。そして、その変化によって、すべてが悪いほうにむかうようにみえたとしても、長い目で見れば、たいていはいちばんいい結果に落ちつくものだとさとすのです。早くに母親を亡くし、自活《じかつ》をはじめ、大恐慌《だいきょうこう》や戦争を経験し、裕福《ゆうふく》な生活をいっとき手にしたものの、その後もけっして順風満帆《じゅんぷうまんぱん》とはいえない人生を送ってきたソールのことばには説得力《せっとくりょく》があります。人生には大きな変化が何度となくおとずれること、また、自分の意思でどうにかできることとできないことがあることを、ソールは経験からよく知っています。くばられたカードをとりかえることはできない。でも、勝負はそれだけではきまらない。カードを生かすも殺すも自分しだいだと、ソールは、かけがえのない存在であるユミに教えます。

ソールのことばどおり、ユミがいまの自分にできること——大好きなソールが逝《い》ってしまう前に人生の話を聞くこと、オーケストラ存続《そんぞく》のために寄付《きふ》あつめのコンサートをすること——をせいいっぱいやりぬくことで、さまざまなことがいいほうにむかいはじめます。そして、ソールを見送ったあと、ユミは、人生という「この世での散歩」で、自分なりにダンスを楽しもうと決めるのです。「いまの自分がすごく好き」そう口に出していえるってとてもすてきなことですよね。

著者のクリスティーナ・ガルシアは一九五八年、カストロが政権《せいけん》をにぎる直前のキューバのハバナで生まれ、二歳のときに家族とともにアメリカに渡ってきました。大学で政治学、大学院で国際関係《こくさいかんけい》を学び、ジャーナリストを経《へ》て作家生活に入り、これまでに五冊の小説と一冊の詩集、一冊の絵本を出していて、デビュー作の小説*Dreaming in Cuban*は全米図書賞の最終《さいしゅう》候補作《こうほさく》に選ばれています。そして、本作は著者のはじめてのヤングアダルトむけ作品です。

あるインタビューで、この小説を書いたきっかけをきかれ、著者は、娘の祖父が亡くなったことをそのひとつとしてあげています。著者の娘パイラーはキューバ人とロシア系ユダヤ人と日本人の血を引いていて、彼女の祖父は一九一三年に生まれ、二〇〇六年に亡くなっています。そう、ユミのモデルはパイラーで、ソールのモデルは彼女の父方の祖父なのです。小説家であるユミの母親のモデルはもちろん著者自身です（著者もニューヨークで育ち、父方の祖母がグアテマラ人です）。パイラーの父親は、ユミの父親のように日本人の母を持ち、パンクバンドを結成してはいますが、ピアノの調律《ちょうりつ》で生計を立てているのではなく、著者と同じように、元ジャーナリストの作家で、大学で教鞭《きょうべん》をとってもいます。

この作品の原題であり、ユミの父親のつくった曲の題名であるI Wanna Be Your Shoeboxは、キャサリン・ボウマンのI Want to Be Your Shoeboxという詩からつけられました。The Best American Poetry 2005で、はじめてこの詩を読んだとき、著者は声を出して笑い、これはおもしろいパンクソングになると思ったそうです。ユミの父親の曲以上に、shoeboxと韻《いん》を踏《ふ》むおもしろい単語がえんえんとあげられた、ユニークで楽しい詩です。

最後になりましたが、この作品を訳すにあたってたくさんの方にお世話になりました。訳稿《やくこう》をていねいに読みこみ、的確な助言をくださった平田紀之さん、作品社編集部の青木誠也さん、選者の金原瑞人先生、原文とのつきあわせをしてくださった中田香さん、そのほかさまざまな場面でお世話になった方々に心から感謝いたします。

二〇一一年五月

小田原智美

選者のことば

一九七〇年代後半、アメリカで生まれて英語圏の国々に広がっていった「ヤングアダルト」というジャンル、日本でもここ十年ほどの間にしっかり根付いて、多くのヤングアダルト小説が翻訳されるようになってきた。長いこと、このジャンルの作品を紹介してきた翻訳者のひとりとしてとてもうれしい。

そして今回、作品社から新しいシリーズが誕生《たんじよう》することになった。このシリーズ、これまでぼくが翻訳・紹介に携《たずさ》わってきたロバート・ニュートン・ペックの『豚の死なない日』やシンシア・カドハタの『きらきら』のような作品を中心に置きたいと考えている。

つまり、作品の古い新しいに関係なく、海外で売れている売れていないに関係なく、賞を取っている取っていないに関係なく、読みごたえのある小説のみを出していくということだ。

そのためには自分たちの感性を頼りに、こつこつ一冊ずつ読んでいくしかない。しかしその努力は必ず報《むく》われるにちがいない……と信じて、一冊ずつ、納得《なつとく》のいく本を出していきたいと思う。

金原瑞人

【著者・訳者・選者略歴】

クリスティーナ・ガルシア（Cristina García）
キューバ出身、ニューメキシコ州在住の小説家。*Dreaming in Cuban*（1992）と*A Handbook to Luck*（2007）で全米図書賞最終候補。

小田原智美（おだわら・ともみ）
翻訳家。共訳書に『エリオン国物語2　ダークタワーの戦い』、『エリオン国物語3　テンスシティの奇跡』（以上アスペクト）。

金原瑞人（かねはら・みずひと）
岡山市生まれ。法政大学教授。翻訳家。ヤングアダルト小説をはじめ、海外文学作品の紹介者として不動の人気を誇る。著書・訳書多数。

ユミとソールの10か月

2011年6月10日初版第1刷印刷
2011年6月15日初版第1刷発行

著　者　クリスティーナ・ガルシア
訳　者　小田原智美
選　者　金原瑞人
発行者　髙木 有
発行所　株式会社作品社
〒102-0072　東京都千代田区飯田橋2-7-4
TEL. 03-3262-9753　FAX. 03-3262-9757
http://www.tssplaza.co.jp/sakuhinsha/
振替口座00160-3-27183

装　幀　水崎真奈美（BOTANICA）
装　画　Kenei Hayama
本文組版　前田奈々（あむ）
印刷・製本　シナノ印刷株式会社

ISBN978-4-86182-336-7 C0097

【作品社の本】

金原瑞人選オールタイム・ベストYA

とむらう女

ロレッタ・エルスワース 著　代田亜香子 訳

19世紀半ばの大草原地方を舞台に、母の死の悲しみを乗りこえ、
死者をおくる仕事の大切な意味を見いだしていく少女の姿を
こまやかに描く感動の物語。
厚生労働省社会保障審議会推薦児童福祉文化財。

ISBN978-4-86182-267-4

金原瑞人選オールタイム・ベストYA

希望《ホープ》のいる町

ジョーン・バウアー 著　中田香 訳

ウェイトレスをしながら高校に通う少女が、
名コックのおばさんと一緒に小さな町の町長選で正義感に燃えて大活躍。
ニューベリー賞オナー賞に輝く、元気の出る小説。
全国学校図書館協議会選定第43回夏休みの本（緑陰図書）。

ISBN978-4-86182-278-0

金原瑞人選オールタイム・ベストYA

私は売られてきた

パトリシア・マコーミック 著　代田亜香子 訳

貧困ゆえに、わずかな金でネパールの寒村から
インドの町へと親に売られた13歳の少女。
衝撃的な事実を描きながら、深い叙情性をたたえた感動の書。
全米図書賞候補作、グスタフ・ハイネマン平和賞受賞作。

ISBN978-4-86182-281-0